DRY

8

Neo Edizioni
Via Giardini del Rio, 15
67031 – Castel di Sangro (AQ)

info@neoedizioni.it
www.neoedizioni.it

I edizione: dicembre 2017
II ristampa: ottobre 2018
ISBN: 978-88-96176-56-6

VINPEEL DEGLI ORIZZONTI

Peppe Millanta

NEO.

A tutto il bello che ho avuto la fortuna di trovare.
A tutto il bello che ho avuto il coraggio di lasciare.

A chi sta ancora cercando
la storia che ha dentro.

… andare, le diceva. Devo andare. Accadeva così, all'improvviso, durante l'ora della passeggiata. Lo diceva col suo tono dolce ma irremovibile, come se fosse un sussurro.

Devo andare.

La suora la guardava severa. Poi, come sempre, le faceva un sorriso e la seguiva con gli occhi mentre si allontanava via veloce.

Si era ormai abituata a vedere quella sagoma correre ogni volta verso il mare come una bambina.

Raggiunta la riva si tirava su la gonna ed entrava in acqua, rimanendo lì ad annusare l'aria, con il vento tra i capelli e i piedi a mollo.

La suora le andava dietro lenta, e ogni volta pensava che se non fosse stata per l'ombra che proiettava se la sarebbe persa di sicuro, perché lei era fatta della stessa materia di quel mare. Era acqua nell'acqua, schiuma nella schiuma, come se fosse un'onda caduta un po' troppo in là.

Quando la ragazza trovava quello che stava aspettando, si chinava, la apriva e ne tirava fuori il messaggio. La suora non riusciva a spiegarsi il perché, ma la ragazza sapeva che sarebbe arrivata proprio lì, proprio in quel giorno. Lo sapeva ancora prima che arrivasse, quando diceva Devo andare, col suo tono dolce ma irremovibile, come se fosse un sussurro.

Devo andare.

La suora la aspettava. Le guardava i lunghi capelli rossi. La pelle chiara. La ricordava bambina. Poi, quando aveva ter-

minato di leggere, la osservava uscire dall'acqua e le chiedeva Com'è, e la ragazza le rispondeva sempre, Bellissima, è bellissima, prima di tornare indietro insieme.

Quel giorno però accadde qualcosa. Un granello si intromise negli ingranaggi di quei gesti ormai rodati, inceppandoli. E quel giorno, anziché uscire dall'acqua, la ragazza iniziò a piangere. Ma piano. Non si trattava di dispiacere. Anzi. Qualcos'altro le stava rigando le guance, qualcosa che non aveva mai sentito prima. Nel messaggio c'erano scritte soltanto tre parole, ma le bastarono per benedire quel giorno, quel mare, quel chiarore, e tutto ciò che la circondava. Il momento che aveva tanto atteso era arrivato. Assaggiò quelle lacrime mentre il vento continuava ad accarezzarle il viso. Hanno un sapore buono, pensò. Poi si voltò e, una volta uscita dall'acqua, la suora le vide una luce nuova negli occhi, ma non disse nulla. Le chiese soltanto Com'è, tentando disperatamente di far ripartire l'ingranaggio di quei gesti ormai rodati, sicuri, dove si erano rifugiate per anni, ma la ragazza no, la ragazza non più, ora era un'altra cosa, un'altra vita, e le rispose un'ultima volta, sempre col suo tono dolce e irremovibile, Devo andare, come se fosse un sussurro.

Devo andare.

PRELUDIO

Un uomo.

Solo.

E un mare.

Immenso.

E la faccenda potrebbe anche andare bene così, con ogni cosa al suo posto.

Niente di più facile: un uomo solo e un mare immenso. Stop.

E invece no.

Non se l'uomo (solo) sta lì a guardare quel mare (immenso). Perché a volte può bastare soltanto uno sguardo per riempirti la testa di pensieri e di strane idee.

Però potrebbe anche andar bene così, certo, con l'uomo (solo) a guardare quel mare (immenso). Stop.

E invece no.

Non se nella testa di quell'uomo, persa fra le pieghe dei suoi pensieri, si annida una speranza, e se quel mare gli si srotola davanti come una pagina illeggibile.

È a questo punto che le cose si complicano. Sempre.

Che a pensarci bene è un fatto che ha dell'incredibile. Insomma. Hai due elementi messi lì, perfetti, ognuno chiuso in se stesso. Basterebbe che restassero immobili per non sfibrare quel sottile filo di bellezza che li avvicina senza farli mai toccare. E invece quelli non ne vogliono sapere di restare lì, al loro posto, e iniziano a impiastricciarsi l'un l'altro, come per dispetto.

Ed è incredibile come a volte si possa buttare tutto all'aria così, per uno stupido sguardo, e che questo accada sempre, non soltanto per quell'uomo solo e quel mare immenso, ma per tutte le cose della vita. Un continuo ingarbugliarsi a vicenda. Un infinito e vicendevole mischiarsi.

"Le cose dovrebbero restare al proprio posto" diceva sempre Ned Bundy, che per la cronaca è quell'uomo (solo) che guarda quel mare (immenso), turbato dai mille pensieri e le strane idee che un semplice sguardo può portarsi dietro.

Soltanto due volte in tutta la sua vita Ned Bundy si era mischiato ad altre cose per colpa di uno stupido sguardo.

La prima volta

era stata su una nave.

Ogni volta che la ricordava, pensava alla parola *bellissima*. Ma la pensava in un modo tutto suo – "bellissima" – come fosse un soffio, sospeso, riferendosi tra l'altro non alla nave ma alla donna che vi aveva incontrato sopra.

Quando Ned Bundy scese da quella nave, da quella notte, da quel suo sguardo su di lei e da quel corpo caldo su di lui, portò via con sé soltanto due cose: la certezza che non l'avrebbe più rivista e la convinzione di averle lasciato come unico ricordo il rumore del mare di quella notte insieme.

In entrambi i casi, però, si sbagliava.

A volte uno ci prova a indirizzare il proprio destino, a organizzarlo, ma quello non ci sta e può mandarti tutto all'aria, in un attimo. E quell'attimo, per Ned Bundy, coincise con un bussare forte alla porta, circa un anno dopo.

Quando la aprì restò fermo – "di sasso", come avrebbe affermato lui stesso in seguito – a fissare il fagottino che gli avevano lasciato fuori casa. Ci mise un po' prima di chinarsi e prenderlo. E ci mise altrettanto prima di scoprire quella cosina dal lenzuolo che l'avvolgeva e trovarvi dentro Vinpeel.

La prima cosa che pensò fu *Merda*, la seconda fu *Un bambino*, e la terza, più consequenziale delle altre due, fu *Merda. Un bambino*.

Soltanto due volte in tutta la sua vita Ned Bundy si era mischiato ad altre cose per colpa di uno stupido sguardo.

La seconda volta

fu quando incontrò il mare.

PARTE PRIMA

UNO

«Padre Earl, io…»

«…»

«Padre Earl?»

«…»

«Padre Earl, sei sveglio?»

Domanda legittima visto che Padre Earl, complici il buio del confessionale e il silenzio della Chiesa, si appisolava spesso.

La circostanza però era duramente contestata dal diretto interessato che preferiva alternativamente parlare di "estasi", di "contemplazione" o a volte di "raccoglimento".

Generalmente in questi casi si era costretti a bussare con forza sulla grata del confessionale, facendo rinvenire Padre Earl che rispondeva sempre con tono scontroso: «Sveglio e vigile, ovviamente. Chi è?»

«Vinpeel».

«Vinpeel? Che ci fai ancora qui?»

Domanda anche questa più che legittima, visto che al piccolo Vinpeel quella storia della confessione gli stava prendendo decisamente la mano.

«Mi devo confessare».

«Ma sei già venuto stamattina!»

«Lo so, ma ho peccato di nuovo».

«Ma non è che devi correre qui ogni volta che fai un peccato».

«Ah no?»

«No!»

«E perché?»

Se c'era una cosa che faceva imbestialire Padre Earl era dover dare spiegazioni. Lui era uno da "perché sì", "perché lo dico io" o da "perché è così e basta". Vinpeel invece con tutte le sue domande lo costringeva a tenere costantemente in allenamento la sua pazienza, facendogli fare ampi respiri prima di parlare: «Perché sennò ci vorrebbero più preti che cristiani, Vinpeel».

«Perché?»

«Perché peccare… insomma… è normale».

«Come sarebbe a dire?»

«Nel senso che non va fatto, ma che è normale che si faccia. Altrimenti io che ci starei a fare?»

«E allora quando uno fa peccato che deve fare?»

«Confessarsi».

«Ma appunto!»

Se c'era un'altra cosa che faceva imbestialire Padre Earl, anche più del dover dare spiegazioni, era la logica stringente di Vinpeel.

«Ma non ogni volta, Vinpeel! Con moderazione!»

«Cioè?»

«Facciamo così. Quando fai peccato, te lo appunti da qualche parte e poi vieni e mi dici tutti i peccati insieme… che so… una volta alla settimana».

«Una volta alla settimana?»

«Sì. Una volta alla settimana».

Vinpeel si guardò le punte delle scarpe, pensieroso. Poi, dopo aver valutato a fondo la proposta di Padre Earl, scosse il capo.

«Mi dispiace, non posso accettare».

«Come hai detto scusa?»

«Ho detto che non posso accettare. È troppo pericoloso».
«Perché?»
«E se i Cavalieri dell'Apocalisse venissero prima?»
Padre Earl sbuffò fuori tutta l'aria che aveva nei polmoni. Ancora una volta si pentì amaramente di aver calcato così tanto la mano con l'Apocalisse di Giovanni. Non era stata una grande idea quella di accompagnare il racconto dell'arrivo dei Cavalieri con tanto di grida, fumo e voce camuffata. Si era calato troppo nella parte e Vinpeel ne era rimasto così impressionato che ormai si confessava dalle tre alle sei volte al giorno per farsi trovare lindo e puro al loro arrivo.
«Ti ho già detto che per il momento non arrivano».
«E a me chi me l'assicura?»
«Ma insomma avrò le mie fonti, no? Sono pur sempre un prete!»
Per un momento Vinpeel si rasserenò, non trovando nulla da obiettare. Poi però ci rimuginò su.
«Padre Earl?»
«Dimmi».
«Ogni quanti peccati ci si può confessare?»
«Ma non lo so! Ma che domande sono!»
«Facciamo cinque?»
«Tu farnetichi».
«Ma una settimana è lunga! Potrei accumulare troppi peccati! Facciamo che li conto così non rischio, nel caso in cui la tua fonte… sai com'è… fosse poco informata…»
«La mia fonte cosa?»
«Facciamo che ogni cinque peccati mi vengo a confessare, ok?»
Tra le mille domande che Vinpeel faceva a Padre Earl, a un certo punto arrivava sempre quella che non voleva una vera e

propria risposta, ma qualcosa di diverso. Qualcosa di molto vicino ad un *non preoccuparti*, di cui Vinpeel aveva estremo bisogno. E Padre Earl aveva il dono di indovinare sempre quale fosse quella domanda nascosta lì nel mucchio. A quel punto si calmava e faceva un gran sorriso.

«E va bene. Affare fatto. Adesso sentiamo. Cosa avresti combinato di così grave?»

«Ho fatto arrabbiare il signor Biton».

«Un'altra volta?»

«Purtroppo sì. Ma non era mia intenzione».

«Di nuovo in ritardo?»

«No. Stavolta no. Ma ho riso quando gli hanno chiesto il perché di *Locanba*».

«Ahia. Se l'è presa molto?»

«Temo di sì».

«Gli passerà. Biton è fatto così. C'è altro?»

«No».

«Allora recita due Padre Nostro. E non farti vedere per un bel po'!»

Vinpeel annuì, si fece il segno della croce e si alzò per uscire. Padre Earl lo richiamò.

«Con tuo padre invece? Come va?»

«Né bene né male. Come sempre».

«Cioè?»

«È come se fossi trasparente. Ci sono, non ci sono, cambia poco. Ha altro da fare».

«Le lettere?»

«Anche. Continua a scriverle. Però non è che vada male. Va normale. Né bene né male. È fatto così».

«E Doan?»

«Doan cosa?»

«Lo vedi ancora?»
«No».
«Guardami negli occhi».
«...»
«Ti ho detto guardami negli occhi».
«No, sul serio».
Padre Earl gli fece cenno di andare. Poi lo osservò correre via. Era scettico. E infatti ad aspettare Vinpeel fuori dalla chiesa, c'era proprio il fischio di Doan.
«Allora?»
«Quattro».
«Di che?»
«Padre Nostro».
«Urca! Quattro?»
«In realtà erano due. Poi però mi ha chiesto se ti vedo ancora e gli ho mentito. Ne ho aggiunti un altro paio per sicurezza».
«Ancora con questa storia che non va bene se mi vedi?»
«Boh. Lo sai i grandi come fanno. Facciamo due preghiere io e due tu?»
«Ok, ma muoviamoci. È pieno di nuvole oggi».

DUE

«UNO...»

Al cenno, Del iniziò la sua breve rincorsa.

«... DUE...»

La folla di fianco iniziò ad agitarsi e a urlare come se fosse un'unica cosa messa lì a fermentare.

«... E TRE!»

Una quarantina di sguardi si mossero all'unisono da destra verso sinistra. Un'altra quarantina di sguardi, dalla parte opposta, si mossero da sinistra verso destra.

Un enorme specchio umano che rifletteva la propria eccitazione.

Poi un urlo, bocche che si spalancano, braccia che si alzano, mani che applaudono.

"Lancio per-fet-to" l'avrebbe definito qualcuno più in là.

Il signor Biton, promosso per l'occasione a giudice Biton, non si scompose. Si avvicinò a passi lenti e calibrati verso il punto di caduta e lì si piegò lentamente per assaporare il silenzio che si era venuto a creare.

«278 centimetri!» annunciò Biton a voce alta.

Quando mancava ancora un altro lancio, Del *il pittore*, promosso per l'occasione a Del *il concorrente*, era primo e la folla esplose in un boato di acclamazione.

Del si avvicinò verso il punto di caduta e raccolse il suo proiettile ammaccato e dolorante.

Poi di nuovo «UNO… DUE… E TRE!», e ancora quegli sguardi, una quarantina da una parte, una quarantina dalla parte opposta, a incontrarsi nel medesimo punto di fuga che schizzava via, attraversando l'aria.

Poi ancora un urlo, questa volta non della folla, ma del proiettile che era caduto rovinosamente a terra e gemeva.

«Lancio nullo! Grido durante l'esecuzione!» strillò il signor Biton. La folla cominciò a rumoreggiare, accodandosi prontamente al tono di disappunto del giudice mentre il proiettile, ancora confuso e rintronato, si toglieva il caschetto e cercava di mettersi in piedi.

«Non è giusto! Non è giusto! Del aveva un nano migliore del mio! Biton, non è giusto…» esplose il Dottor Fros.

«ED È COSÌ CHE DICHIARO DEL…»

«Fatemi provare col suo nano, avanti, e vi farò vedere!»

«… VINCITORE…»

«… su, Biton, lo sai anche tu che così è una farsa…»

«… DI QUESTA EDIZIONE…»

«È da cambiare il regolamento, l'avevo detto, io, che era da cambiare».

«… DEL *LANCIO DEL NANO*!»

Ogni anno la stessa storia. Chiunque perdesse, se la prendeva con il regolamento. C'avevano provato, a Dinterbild, a far gareggiare tutti con lo stesso nano. Ma se capitava che quello urlava in certi lanci sì e in altri no, si gridava subito alla combine. E così si era ritornati a fare come sempre, con ognuno a gareggiare con il proprio nano.

Qualcuno aveva anche proposto di abolirla quella regola sull'urlo, ma i più conservatori non ne volevano sapere. «È la regola portante» ripetevano, «se il nano urla, il lancio è nullo».

Qualcun altro aveva fatto notare che ogni anno diventava sempre più difficile trovare qualcuno che facesse il nano e fosse disposto a farsi lanciare per aria, – a Dinterbild, infatti, di nani non ce n'erano – ma anche in questo caso i soliti conservatori non ne vollero sapere di modificare il regolamento.

Alla fine della gara, comunque, tutto tornò come prima. Il giudice Biton tornò ad essere il signor Biton e i concorrenti furono retrocessi alle loro vecchie mansioni. Soltanto quelli costretti a fare i nani, ancora storditi per le numerose ammaccature nei vari atterraggi, ci misero più tempo a tornare a essere ciò che erano.

L'unico ad avere una promozione fu Del il pittore che da vincitore invitò tutti a festeggiare, mettendosi a capo del bizzarro corteo che si incamminò verso il centro di Dinterbild.

Destinazione: *Locanba Biton.*

TRE

«Allora?»

«Un drago. Una pentola. Una ruota di bicicletta».

«E poi?»

«Un mantello. Un fiammifero. Una vela».

«E poi?»

«Una ruota. Un comignolo. Un pugno».

«E poi?»

«E poi basta. L'ultimo era un pugno. E si è appena dissolto».

Vinpeel finì di cancellare la parola *pugno* dal vocabolario che aveva davanti. Poi lo chiuse, alzò la testa e iniziò a guardare le nuvole insieme a Doan.

Facevano così ogni giorno. Si mettevano lì, al di là della collina, e le guardavano passare per ore e ore, chiamando per nome quello che ci vedevano dentro e cancellando la relativa parola dal vocabolario. Lo facevano per Doan. Per il suo dannatissimo attimo.

Lo chiamava così.

Il-suo-dannatissimo-attimo.

"Roba da friggerti il cervello", così diceva Doan, quando parlava del suo-dannatissimo-attimo.

Uno ha tutti i suoi attimi, messi in fila uno dietro l'altro, e poi all'improvviso capita di perdere quello successivo. Di non trovarlo. Di avere un buco nella propria esistenza. In molti neanche se ne accorgono di averlo perso e tirano dritti all'attimo successivo. Ma non sanno che a quel punto non ha più senso andare avanti, perché tutti gli attimi successivi non significano niente senza quel-dannatissimo-attimo. Perché in quell'attimo poteva esserci di tutto: un bacio, un sogno, una scoperta, un profumo, un ricordo, un nuovo amico, insomma qualcosa, qualunque cosa, che è nostro, che ci appartiene e che abbiamo il dovere di vivere e di far vivere.

Così perlomeno la pensa Doan, che ha perso il suo attimo così tanti attimi fa che neanche lui sa più quanti, e che dice che li riconosci quelli che si sono accorti di aver perso un attimo, perché passano la vita intera a cercarselo dentro la tasca della giacca, o tra le nuvole, o in fondo a un bicchiere, o negli occhi di tutte le donne che incontrano, sperando che la vita prima o poi riparta, perché senza quell'attimo, sul serio, la vita non riparte più.

A Doan era successo proprio così.

La sua vita si era bloccata, come un disco rotto che ripete lo stesso attimo all'infinito nell'attesa di quello successivo.

Nell'attesa di quel-suo-dannatissimo-attimo.

Doan però non sapeva quale forma avesse quell'attimo, ed era convinto che l'avrebbe ritrovato proprio lì, tra le nuvole.

«Ancora niente, Doan?»

«Non ancora. Ma ci siamo quasi. Il cerchio si stringe. Li hai cancellati tutti o te li devo ripetere?»

«Cancellati tutti».

«Allora aspettiamo la prossima nuvola».

All'inizio a Vinpeel l'idea di Doan di usare il vocabolario era parsa geniale. L'amico diceva che in quelle pagine c'erano scritte tutte le cose del mondo e che, a furia di cancellarle, sarebbero arrivati, per esclusione, a capire quale forma dovesse avere la nuvola che stavano cercando.

«Cosa ti sembra?» disse Doan indicando un'altra nuvola.

«Non so… un… un petalo?»

«No. Troppo stretta. Assomiglia più… a una foglia. Sì. Cancella foglia».

«È già cancellata».

«Pazienza. Quante parole ci restano a occhio e croce?»

«Ancora qualche decina di migliaia, direi».

Quando però Vinpeel si era trovato tra le mani un vocabolario, la sua opinione aveva subito un cambio repentino. Non ne aveva mai visto uno prima di allora e non pensava potessero esistere libri così grandi, né così tante cose nel mondo.

Per evitare che Vinpeel fosse preso dal panico, Doan aveva proposto sin da subito un approccio scientifico, cancellando innanzitutto le cd. *parole impossibili da vedere*, e cioè verbi, aggettivi e preposizioni. Stessa sorte era toccata alle cd. *parole impossibili da capire*, quelle il cui significato i due proprio non riuscivano ad afferrare, e infine le cd. *parole per scherzo,* cioè quelle che li facevano sbellicare soltanto a dirle, come *parossismo, ghiaiaiuolo o procrastinazione*. Una volta applicato il metodo, le parole rimaste si erano assestate all'incirca sulla stessa cifra che Vinpeel aveva appena comunicato. Doan però non si scoraggiava mai e anche in questo caso si limitò ad annuire pensieroso.

«Almeno è un inizio. Cancella *fiocco* intanto».

«Fiocco cosa?»

«Fiocco cosa che?»

«Fiocco di neve o fiocco come nodo?»
«Fiocco come nodo».
Vinpeel cancellò dal vocabolario la parola *fiocco* nel suo significato di nodo mentre Doan si alzò per sgranchirsi le gambe, lasciandolo da solo disteso sull'erba. Stettero per un po' a contemplare l'azzurro del cielo fino a quando Vinpeel non tirò fuori l'argomento.
«Doan?»
«Sì?»
«Non credi che dovremmo dirlo a qualcuno?»
«Cosa?»
«Quello… quello che abbiamo visto ieri…»
«Tipo a chi? A Padre Earl?»
«Non intendevo questo».
«Guarda che non è peccato».
«Lo so. Ma potrebbe essere importante».
«Infatti lo è».
«E allora perché non dirlo?»
«La prenderebbero come l'ennesima stupidaggine».
Vinpeel annuì scoraggiato mentre lo sguardo di Doan continuava a perdersi nel cielo.
«Cancella *pinna*».
«Neanche pinna va bene?»
«Neanche. Cancella».
«E poi?»
«Per oggi credo possa bastare. Sta iniziando a scendere il sole».
«Cosa?!»
«Ho detto che sta iniziando a scendere il sole».
Vinpeel sollevò la testa, intuendo il rosso che iniziava a profilarsi ai margini del cielo.
«Ma è tardissimo! Devo scappare da Biton!»

«Di già?»

«Oggi c'era il *Lancio del Nano*, Doan. Saranno già tutti alla Locanba!»

Vinpeel si alzò con uno scatto e iniziò a correre come un ossesso, lasciando Doan ancora lì, con il naso all'insù, perso tra le sue nuvole.

QUATTRO

«Vinpeel...»

Vinpeel...

«Vinpeeeeeel...»

Vinpeeeeeel...

Arrivato in cima alla collina di solito Vinpeel rallentava il passo prima di lanciarsi lungo la discesa che portava a Dinterbild.

Lo faceva per riprendere fiato ma soprattutto per parlare con l'orizzonte, e per sentirsi dire da lui le parole di cui aveva bisogno. Aveva scoperto quella magia quasi per caso e da allora ogni volta che poteva si metteva lì, portava le mani intorno alla bocca e urlava con quanto fiato aveva in gola.

«Vinpeeeeeel!»

Poi rimaneva fermo tre secondi – tanti ce ne volevano – con le mani intorno alla bocca e tutti i muscoli tesi a fremere in quell'attesa, fino a quando l'orizzonte non rispondeva

Vinpeeeeeel...

Ogni volta quella magia si ripeteva, e ogni volta quello spazio immenso che gli si apriva davanti agli occhi rispondeva al suo saluto.

«Come staaai?...» proseguì Vinpeel.

Come staaai?

Vinpeel chiuse gli occhi e lentamente dal suo volto emerse un sorriso. Sì, un sorriso, piccolo, come il corpo su cui era appoggiato, e da quel sorriso un sussurro, quasi inudibile: «Meglio. Adesso sto meglio».

Vinpeel fece un grande respiro e poi giù, di corsa, verso Dinterbild, con gli occhi chiusi, lungo quei sentieri impastati di polvere e di passi ormai dimenticati, giù oltre le siepi, oltre gli alberi, oltre quell'odore di solitudine e indolenza, e poi giù, sempre correndo, senza fiato, fino ai piedi della collina, da dove già si poteva scorgere la forma allungata del paese con le sue ottanta anime dimenticate, e poi ancora lungo la strada, quella strada che nessuno avrebbe saputo dire dove portava, né da dove arrivasse, e dove, nascosto tra le foglie, un cartello ormai scolorito recitava BENVENUTI A DINTERBILD.

E poi ancora lo steccato, le prime case, i primi "Ciao Vinpeel", le rose della signora Witt, "Salve signora Witt", "Tanti saluti al signor Ned Bundy", "Grazie signora, riferirò" e poi correndo, col fiatone, oltre la piazza, la piazza di Dinterbild, quella con la Fontana dei Pesci, che la chiamavano ancora così anche se di pesci non ce n'era più da quando quel matto di Krisheb aveva inventato le bombole di acqua anziché di ossigeno per far girovagare liberamente i pesci per tutto il paese, fino a quando quelli erano spariti e tutti se l'erano presa con Krisheb, anche se dalla casa di Selmer proveniva un profumo di pesce arrosto, o almeno questo è quello che diceva Krisheb, mentre Selmer giurava e spergiurava che lui non c'entrava nulla e che anzi, a volte gli capitava ancora di incontrare questi pesci con le loro bombole in giro per il bosco, ormai inselvatichiti e pericolosissimi.

E poi ancora di corsa, oltre la Chiesa di Padre Earl, la veranda di Lady Sawen, gli urli di casa Alton, che prima o poi si sarebbero ammazzati quei due, oltre lo studio di Del il pittore, sempre di fretta, sempre correndo, “Vinpeel, sempre di corsa, eh?”, “Eh sì”, “Ancora in ritardo, Vinpeel?”, “Eh già”, “Attento che stavolta è davvero furioso”, e poi ancora oltre i “dicatrentatré” dello studio del Dottor Fros, che non era un vero dottore ma a lui piaceva sentirselo dire perché per anni aveva lavorato nella mensa di un ospedale, e poi, tagliando l’aria in due, fino alla fine della strada, fino a raggiungere la costruzione di legno rossa.

Vinpeel si fermò, con le vene che gli pulsavano nella testa e la mano a reggersi un fianco, piegato in due per riprendere fiato. Alzò lo sguardo. Sull’insegna c’era scritto LOCANBA BITON. Tra lui e l’entrata, l’aria era colma del vapore delle zuppe proveniente dalla cucina.

“Zuppe Biton: le migliori di Dinterbil” diceva il signor Biton. “Le uniche di Dinterbil” sottolineavano sempre le solite malelingue, visto che a Dinterbild non c’era un altro posto dove poter mangiare.

Vinpeel entrò in quel vapore, e dentro vi trovò la voce del signor Biton ad aspettarlo.

Quando Vinpeel arrivava in ritardo, la voce del signor Biton sembrava un disco. Ormai aveva imparato a memoria la ramanzina che puntualmente faceva al ragazzo, tanto da non accorgersi più di quello che diceva. E come in un vecchio disco si infilano fruscii e salti tra le note, così tra le parole del signor Biton si inserivano pensieri ad alta voce che non c’entravano niente.

«Porca miseria Vinpeel! È un’ora che ti aspetto!» gli urlò senza neanche voltarsi, mentre con grande calma diceva tra sé «Dove diavolo ho messo il sale?»

La cosa andava avanti per un po’, con Biton a imprecare e Vinpeel fermo sulla porta a testa bassa, fino a quando il disco si inceppava generalmente con un “Merda!” dovuto a un errato dosaggio di sale, a un impreciso conteggio del tempo di cottura o a una scottatura sui fornelli.

Ed era a questo punto che Biton finalmente si girava verso Vinpeel, lo fissava chiedendosi tra sé e sé cosa diavolo ci facesse sulla porta, e gli urlava: «E non startene fermo lì a non far niente! Corri in sala a preparare!»

Questo era il suo modo di perdonarlo. Sempre.

Vinpeel a quel punto faceva un enorme sorriso, prima di girare i tacchi urlando «Signorsì!»

CINQUE

«Dovevate vederlo, mai vista una cosa del genere...»

«Dove diavolo l'ha fatto arrivare!»

«È stato incredibile, sul serio».

«Fiuuuu... pareva non dovesse cadere più...»

«Un lancio per-fet-to, vero Del?»

«Continuava a rimanere per aria...»

«Sì, pareva non volerne sapere di cadere...»

«E che faccia ha fatto il Dottor Fros, che faccia!»

«Poverino. Perdere così, proprio all'ultimo».

«Non se lo aspettava, questo è sicuro».

«Sì, ma protestare per il regolamento, che noia...»

«Ah no! Il regolamento non si cambia! È la regola portante. Se il nano urla, il lancio è...»

«Sì, questo l'abbiamo capito, non ricominciamo!»

«Un altro brindisi per Del!»

«A Del!»

Sui tavoli della sala c'era vino a volontà. E quelli parevano davvero uomini di buona volontà. La locanda Biton, o meglio *Locanba Biton*, come recitava l'insegna sul tetto, era arredata con quelle sedie e quei tavolini che facilmente si rompono durante le risse e che, con altrettanta facilità, possono essere sostituite.

La Locanba era a tutti gli effetti il centro di Dinterbild, il posto dove gli abitanti si riunivano fino a tardi, anche se non c'era un'idea precisa di *tardi* visto che il *tardi* lì arrivava all'improvviso, senza alcun motivo apparente, anche nel mezzo di una scazzottata o di una gara alcolica.

Il *tardi* della Locanba era regolato dall'umore della signora Biton che era sempre ammalata e viveva reclusa nella sua stanza al piano di sopra. Nessuno poteva giurare di averla mai vista, ma quando lei riteneva che si fosse fatto *tardi*, le bastava lamentarsene con il signor Biton che, ubbidiente, cacciava via tutti i clienti, senza curarsi di che ora fosse o che tempo avrebbero incontrato fuori.

Esemplare fu l'episodio che prese il nome de *La nottata del signor Alton*. Il signor Alton fu cacciato in una notte piena di nebbia ed era così ubriaco che riuscì ad infilarsi in tutti i letti di Dinterbild. Ogni volta era convinto di essere arrivato a casa, ma veniva mandato via non appena dava la buonanotte a quella che credeva essere sua moglie – di volta in volta impersonata da Selmer, Padre Earl, la signora Witt e così via – fino a quando la mattina dopo non era tornato sfinito alla Locanba, appena riaperta, addormentandosi sul bancone mentre festeggiava il fatto che gli avevano portato via tutta la casa, con la signora Alton dentro.

«A Del!» ripeterono in coro tutti i presenti.

Del il pittore annuì col capo sorridendo, senza dire niente. Era un uomo di poche parole, e non perché gli mancassero, ma perché aveva problemi a metterle in fila. Del le pensava bene, messe lì in ordine, una dopo l'altra, ma quelle non ci stavano, e cominciavano a correre alla rinfusa, calpestandosi l'un l'altra e arrivando all'arrivo tutte spaiate. Nessuno faceva più caso al suo essere silenzioso e lui ormai si era abituato a parlare per monosillabi o, quando poteva, a non parlare affatto.

«Di' un po' Biton, ma ti è piovuto anche oggi in cantina? No perché questo vino sembra più annacquato del solito» urlò Selmer dopo aver buttato giù il suo bicchiere. Tutti risero, nonostante Selmer facesse quella battuta ogni sera.

«Non fare l'idiota, Selmer!» rispose la voce di Biton dalla cucina.

«Vai al diavolo, Biton! Vinpeel, Portaci altro vino!»

Selmer era così. Prendere o lasciare.

"Lasciare" ripetevano tutti quelli che almeno una volta avevano fatto a cazzotti con lui, e cioè tutta la popolazione maschile di Dinterbild, compresi i lampioni che dalla Locanba andavano fino alla sua dimora, colpevoli, a suo dire, di prenderlo ogni notte a spallate quando tornava a casa ubriaco.

I brindisi in onore di Del terminarono quando in sala arrivò il signor Biton che sorridente annunciò: «Signori e signore, ecco a voi la vostra zuppa Biton, la migliore...»

«... di Dinterbild» risposero annoiati gli avventori.

Fu in quel momento che Vinpeel vide Doan dietro la finestra sbracciarsi per attirare la sua attenzione.

«Non posso» gli sussurrò, cercando di non farsi vedere da Biton che gli stava di fianco e soddisfatto guardava i clienti servirsi la sua zuppa. Doan però continuava ad agitarsi in modo sempre più appariscente, fino a quando mimò con un gesto il codice del *Piano di Evacuazione Rapida*.

Vinpeel deglutì.

Quello era il piano di emergenza previsto per le situazioni più gravi.

«Signor Biton» sussurrò Vinpeel avvicinandosi al suo orecchio.

«Dimmi» gli rispose quello, continuando a guardare i clienti con un sorriso tirato e con le braccia dietro la schiena.

«Vado a dare da mangiare a Dorothy?»

«Sei matto Vinpeel? Vuoi davvero farmi innervosire?» sussurrò Biton, mentre il sorriso gli si tirava sempre di più.

«Secondo me ha fame».

«Secondo me no. Ha appena mangiato» concluse Biton a denti stretti.

Proprio in quel momento un grugnito fortissimo fece tremare tutte le zuppe presenti in sala. Nulla di strano visto che la Dorothy in questione era il maiale di Biton e che il *Piano di Evacuazione Rapida* prevedeva per l'appunto che Doan la infastidisse fino a farla grugnire. Quando Dorothy aveva fame, infatti, emetteva un grugnito potentissimo che era una maledizione non solo per i clienti della Locanba, ma per tutto il circondario, e non smetteva fin quando non si saziava.

Perciò il signor Biton era sempre molto attento a sfamarla a dovere. Per quanto fosse molesta, però, tutti a Dinterbild la amavano.

Dorothy era infatti un maiale da riporto. Qualsiasi cosa le si lanciasse, lei la riportava indietro, scodinzolando con la sua coda a riccetto. Una notte Selmer e il Dottor Fros giudicarono talmente divertente la faccenda che lanciarono per tutto il tempo oltre la siepe il povero signor Alton, troppo ubriaco per reagire, aspettando, morti dal ridere, che ogni volta Dorothy lo riportasse indietro.

Quando le zuppe smisero di tremare, Biton si chinò verso Vinpeel e, cercando di non tradire il sorriso che aveva, disse: «D'accordo vai, ma torna subito che il servizio è ancora lungo».

«Signorsì» rispose Vinpeel soddisfatto.

Appena Vinpeel mise piede nella sera fu investito dall'eccitazione di Doan che non riuscì a fornirgli altra spiegazione per l'attivazione del *Piano di Evacuazione Rapida,* se non un generico «Forza! Dobbiamo andare!»

SEI

«Ma non potevi aspettare?»

Vinpeel iniziava a tenersi il fianco per la stanchezza, arrancando dietro i passi rapidi di Doan che tagliavano l'oscurità davanti a lui.

«Certo che no. Sennò non azionavo mica il *Piano di Evacuazione Rapida*».

«Mi ammazzerà».

«Zitto e corri».

«Sto zitto e corro, ma il signor Biton mi ammazzerà lo stesso».

«Non mi sembra che tu stia zitto...»

«Ma l'ho lasciato a metà della cena, come faccio a stare zitto?»

«Muoviti, siamo quasi arrivati».

«Non potevi proprio aspettare?»

«Ti ho già detto di no».

«È successo ancora?»

«Sì».

«Come ieri?»

«Guarda tu stesso».

Doan rallentò. Erano arrivati. Oltre il precipizio c'era il motivo di tutta quell'agitazione. Vinpeel fece gli ultimi passi lentamente, con il cuore in gola, nel buio della notte. Quando si sporse dalla roccia, spalancò la bocca. Sotto di lui, in lontananza, al di là del mare, c'era una luce enorme. I due ragazzini rimasero lì, in bilico sull'orlo del loro stupore, come incantati. Poi Vinpeel fece una crepa in tutto quel silenzio.

«Doan».

«Sì?»

«Secondo te cos'è?»

«Luce».

«D'accordo. Ma luce di cosa?»

Doan fece un sospiro, annoiato di fronte all'evidenza.

«Vinpeel, cosa abbiamo fatto ieri?»

«Controllato le nuvole».

«Dico sul tardi».

«Abbiamo inseguito il sole».

«E poi?»

«E poi mentre tornavamo a casa abbiamo visto… abbiamo visto… questo…»

«E perché siamo tornati a casa?»

«Perché il sole ci era sfuggito di nuovo e ormai si era fatto buio».

«Esatto. Il sole» disse Doan, fiero.

Vinpeel rimase per un attimo interdetto.

«In che senso, Doan?»

«È il sole! Abbiamo finalmente scoperto dove va a riposare ogni notte. Perché dovrà pur andare da qualche parte, no? Sennò sarebbe sempre giorno. È per questo che lo inseguiamo».

Doan era fissato con questa storia del sole.

Ogni volta, verso il tramonto, lo vedevi che inseguiva gli ultimi raggi, di corsa, come un disperato. Non poteva tollerare che un altro giorno passasse, che tutto il mondo crescesse e andasse avanti mentre lui restava ingabbiato nel suo-dannatissimo-attimo.

Ce l'aveva con quella storia del sole che passava e ogni giorno andava via, chissà dove, e che segnava gli attimi di tutta Dinterbild tranne che il suo.

«Doan?»

«Sì?»

«Ma non è… non è troppo piccolo per essere… il sole?»

«Non penso. Forse si rannicchia per dormire, come facciamo noi».

«E se fosse… qualcos'altro?»

«Cioè?»

Vinpeel pesò bene le parole prime di dirle a Doan, sapendo già quale sarebbe stata la sua obiezione.

«Qualcosa tipo… tipo un'altra Dinterbild, che magari appare soltanto di notte. Che ne dici?»

«Un'altra Dinterbild?»

«O qualcosa del genere. Però più grande. Molto più grande».

Doan lo fissò, come si fissano gli stupidi che hanno appena detto qualcosa di molto stupido.

«Non può esserci un'altra Dinterbild. Fuori da Dinterbild non c'è niente».

L'obiezione di Doan era arrivata ovvia e puntuale. Fuori da Dinterbild non c'è nulla. Questo gli era sempre stato detto. E questo gli aveva ripetuto Doan. Eppure qualcosa spingeva Vinpeel a non crederci.

«Però guarda lì» fece Vinpeel timidamente, indicando a Doan le luci di Dinterbild immersa nella sera, alle loro spalle. «E ora invece guarda di là» indicando le luci appena scoperte, immerse nella stessa oscurità.

«Non ti seguo».

«Sono le stesse luci, Doan. Più numerose. Più lontane. Ma le stesse».

Doan si grattò la testa, pensieroso. Guardò di nuovo Dinterbild e poi di nuovo le luci al di là del mare.

«Già. Visto da qui, potrebbe anche sembrare...»

«Magari è proprio così. Magari abbiamo finalmente trovato... l'Altrove...»

Vinpeel e Doan l'avevano immaginata spesso quella parola.

L'*Altrove*.

Se l'erano ripetuta fino a consumarla. Era il posto dove si divertivano ad andare sognando una vita diversa, senza attimi persi né Cavalieri dell'Apocalisse.

Vinpeel e Doan rimasero in silenzio ad accarezzare l'idea di quell'Altrove, continuando a dondolare nella notte e nelle loro paure.

«Doan».

«Sì?»

«E se andassimo a vedere?»

Doan si guardò intorno. Guardò la luce. Guardò il mare. Guardò Vinpeel. Guardò Dinterbild. Poi guardò di nuovo il mare. E infine sorrise.

«Perché no. Un modo dovrà pur esserci per superare tutto questo mare».

SETTE

Quando Vinpeel tornò a casa, le luci dello studio di Ned Bundy erano ancora accese. Entrò a piccoli passi per salutarlo senza disturbarlo, ma era già andato in spiaggia. Vinpeel lo vide dalla finestra mentre si chinava come ogni sera tra le onde per affidare il suo messaggio al mare, alle correnti, al destino o a chissà cosa.

Passava giornate intere a scrivere nel suo studio. Cancellava. Rileggeva. Spostava. Senza un attimo di tregua. Febbrile. Poi all'improvviso si fermava.

Soffiava sul foglio, si chinava, e da sotto la scrivania prendeva una bottiglia. Ci metteva dentro quello che aveva scritto e la chiudeva con un tappo di sughero. Poi ci squagliava sopra della ceralacca, come fosse un rituale.

A quel punto si alzava, usciva di casa, si dirigeva verso la riva e restava a contemplare il mare. Ci potevano volere pochi secondi o delle ore, ma alla fine quel momento arrivava sempre. Il momento in cui Ned Bundy si chinava sulle onde consegnando all'incertezza di quell'andare la bottiglia e quanto con fatica aveva scritto.

Vinpeel ci aveva fantasticato molto su, aveva anche provato a fargli qualche domanda, ma suo padre gli rispondeva sempre con un sorriso, senza dire niente, e quello era il suo modo di troncare ogni conversazione sul nascere.

Col tempo Vinpeel aveva smesso di interrogarsi. A furia di vederlo e rivederlo ogni sera, ripetuto con la stessa cura e con gli stessi dettagli, quel fare misterioso era entrato a far parte del suo quotidiano, come le arrabbiature del signor Biton, o il buongiorno della Signora Witt, o le nuvole di Doan. Come un qualcosa che accade semplicemente perché deve accadere, altrimenti il mondo potrebbe fermarsi e non trovare lo slancio per compiere un altro giro.

Vinpeel uscì di casa e gridò: «Papà!»

Ned Bundy gli rispose con un cenno della mano, per poi voltarsi e tornare a guardare il mare. Vinpeel camminò verso di lui, affondando i piedi nella sabbia. Vedeva le spalle di suo padre e le sue mani nelle tasche. Riusciva a intuire i suoi occhi piantati in mezzo al blu delle onde. Una volta vicino gli parlò, ma quello si portò un dito sulla bocca.

«Shhhh».

Vinpeel rimase in silenzio.

Avrebbe voluto raccontargli di Padre Earl, delle nuvole di Doan, del Lancio del Nano, dell'Altrove, ma anche quella sera non era la volta buona. Vinpeel aveva imparato ad accettare anche questo, che non fosse mai la volta buona. Non per Ned Bundy almeno. Perché in fondo era sempre stato così, e sempre lo sarebbe stato.

Ned Bundy gli aveva fatto cenno di stare in silenzio perché stava ascoltando una conchiglia. Le raccoglieva dalla spiaggia e se le portava all'orecchio. Lo vedevi sorridere, commuoversi, adirarsi, perché ogni conchiglia gli suscitava un'emozione diversa. Alcune se le portava a casa, altre le rimetteva sulla sabbia. Negli anni ne aveva raccolte a migliaia. All'inizio occupavano soltanto una stanza, ma ormai erano dovunque, sotto i letti, nei cassetti, dentro la credenza. Conchiglie su conchiglie accatastate l'una sull'altra, ognuna con una propria storia.

Già.

Perché quello che Ned Bundy collezionava non erano le conchiglie, ma il rumore del mare che avevano dentro. Le storie che portavano.

Diceva che ogni conchiglia, quando viene tirata fuori dall'acqua, trascina via con sé anche il rumore del mare che sta lasciando. Basta una piccola goccia al suo interno e la conchiglia continuerà a raccontare di quel mare per sempre. Nella collezione di Ned Bundy c'erano conchiglie con dentro il rumore delle onde della battaglia di Trafalgar, o il mare calmo di quando Colombo arrivò in America, o ancora i flutti battuti dalla pioggia del Diluvio Universale.

Ogni giorno del mondo aveva il suo mare, e ogni giorno del mare la sua conchiglia, e ogni conchiglia, dentro, aveva la sua storia.

A patto di saperla ascoltare.

Ned Bundy le ascoltava, le catalogava, le sistemava secondo una logica tutta sua. Ma quello che ogni sera cercava sulla battigia di fronte casa, era il rumore del mare di una notte che avrebbe voluto rivivere per sempre. Una notte di tanto tempo fa il cui rumore, di certo, era rimasto incastrato in una conchiglia che prima o poi avrebbe trovato.

Vinpeel lo seguiva ogni volta che poteva, attento a non disturbarlo, fino a quando suo padre, con le tasche piene, non si riavviava dentro casa.

«Io rientro. Tu?»

«Ancora un altro poco» rispondeva Vinpeel.

Ned Bundy, a quel punto, sorrideva senza dire niente e Vinpeel faceva altrettanto. C'era sempre un certo imbarazzo tra loro. Quello che hanno gli uomini quando non sanno come sfiorarsi.

Una volta rimasto solo, Vinpeel continuava a cercare conchiglie. Cercava quelle che per colore, grandezza o forma, avrebbero potuto incuriosire il padre.

Le raccoglieva e ci parlava dentro. E diceva le cose che avrebbe voluto dirgli perché, diamine, se al mare basta una goccia per riempire una conchiglia con la sua storia, allora a lui bastava soffiarci dentro anche solo una parola, una piccolissima parola. E se Ned Bundy avesse raccolto proprio quella conchiglia, o una qualunque di quelle in cui aveva parlato ogni sera, allora sì che sarebbe finalmente arrivato il tempo per trovarsi. Senza imbarazzo. O paura.

Vinpeel raccolse la conchiglia più grande, se la portò alle labbra e, come ogni sera, parlò a suo padre. Parlò di piccole cose, delle sue scoperte, della sua giornata.

Una volta finito, avrebbe appoggiato la conchiglia sulla battigia, e la sera dopo avrebbe accompagnato suo padre seguendolo passo dopo passo, nella speranza che si chinasse a prendere proprio quella lì.

… ciao papà sono Vinpeel…

… riesci a sentirmi?

… una luce grandissima…

… per vedere l'Altrove…

… ma io ho risposto no…

… le prendiamo e le cancelliamo dal vocabolario…

… Dorothy ha fatto un sacco di rumore…

… una volta alla settimana mi ha detto…

… con Doan a caccia di nuvole…

… Papà?

… mi senti?

#1

LA DIGA

Erano passati ormai settant'anni da quella notte assurda in cui tutto il villaggio aveva trattenuto il respiro.

I superstiti erano pochi e malandati, ma per nulla al mondo si sarebbero persi la commemorazione annuale dell'evento, con tanto di sindaco e banda.

Certo, non era più lo stesso da quando quello svitato del parroco Flip aveva rovinato tutto, ma comunque si trattava di un avvenimento da tramandare nei secoli. O almeno così la pensava Arjan Van Dyk che all'epoca dei fatti aveva sedici anni e che fu il primo a dare l'allarme.

Unico boscaiolo del villaggio, alle 20:23 di un giorno di settant'anni prima, Arjan Van Dyk stava tornando dal lavoro quando gli cadde una goccia d'acqua sul dorso della mano.

Si fermò.

Guardò la goccia.

Poi guardò in alto, verso la diga che difendeva il suo villaggio dal Mare del Nord.

Sembrava una goccia come tante, preludio di pioggia in quel cielo sempre nuvoloso e pronto ad esplodere, eppure Arjan, senza alcun motivo, decise di assaggiarla. Avvicinò la mano alla bocca e se la appoggiò sulle labbra.

Era salata.

Era acqua di mare.

Era l'acqua del Mare del Nord.

Non ci volle molto che la notizia fece il giro del paese.

«C'è un buco nella diga. C'è un buco nella diga» si sentiva sussurrare di casa in casa per non mettere paura ai più piccoli.

Il sindaco invitava alla calma – Arjan in fondo era solo un ragazzino pieno di fantasie – ma alle 21:08, quando salì controvoglia con i tecnici sulla diga, dovette ammettere la presenza di una perdita, e il buchetto che c'era neanche mezz'ora prima, era già diventato grande come un pugno.

Qualcuno iniziò a preparare le proprie cose, ma si trattava di una inutile reazione istintiva visto che da lì non c'era modo di andar via: la pianura si estendeva per chilometri e chilometri di terra faticosamente strappata al mare. Ci sarebbero voluti giorni prima di incontrare un'altura dove poter trovare riparo dalla tragedia che col passare dei minuti sembrava sempre più irrimediabile.

Intanto la fessura continuava ad allargarsi, l'acqua invadeva sempre di più la vallata e gli sforzi fatti per riparare la diga apparivano vani.

Quando si sparse la notizia che anche l'ultimo tentativo era miseramente fallito, in molti si abbandonarono al pianto, altri invece ne approfittarono per chiedere perdono, altri ancora per confessare il proprio amore e, a poco a poco, tutti gli abitanti del villaggio si riunirono sulla diga, senza dirsi una parola.

Si misero lì, trattenendo il fiato, a guardare da un lato quel vasto mare e dall'altro la pianura immensa. Molti pensavano che proprio quella pianura, fino al giorno prima simbolo della loro ostinazione per averla strappata al mare, sarebbe diventata la tomba che li avrebbe inghiottiti per sempre.

Poi, quando il rumore dell'acqua era diventato quello di una piccola cascata, con la notte a farsi sempre più scura e le speranze sempre più flebili, la diga ebbe un sussulto e iniziò a vibrare. Allora fecero quello che agli uomini riesce meglio quando sentono che la fine è vicina.

Cominciò una donna, a voce bassa, come fosse una ninna nanna. Le si accodò un anziano signore, e via via tutti gli altri, uno dopo l'altro, e qualcosa all'improvviso si sgonfiò. Forse la paura, o l'agitazione, fatto sta che qualcosa, in quei volti, si sgonfiò, e a poco a poco iniziarono a pregare tutti, anche il sindaco, i tecnici, il giovane Arjan Van Dyk.

Non si trattò di una resa ma di un ultimo, disperato tentativo di trattenere un po' di quella vita che sembrava se ne stesse andando. Si inginocchiarono tutti, in ordine sparso, con gli occhi chiusi. Ognuno pensò a ciò che amava e che avrebbe perso per tenerlo il più a lungo possibile con sé: chi al profumo del bosco, chi all'abbraccio di un amante, chi al solletico dell'erba sotto i piedi, chi al volo degli uccelli.

E all'improvviso, mentre la notte si faceva sempre più fitta, esplose il silenzio.

Proprio così.

Esplose.

Come quando le cicale smettono di cantare tutte assieme nelle notti d'estate.

Qualcuno pensò di essere già morto, altri che il tempo si fosse fermato. Poi, nell'oscurità, un grido: «L'acqua non esce più dalla diga! L'acqua non esce più dalla diga!»

Di fronte a quel grido, il silenzio diventò ancora più grande visto che ognuno di nascosto ci aveva infilato dentro qualcosa, il proprio personalissimo motivo per quello che doveva di certo essere un miracolo.

Fu soltanto l'indomani, con le prime luci del nuovo e insperato giorno, che gli abitanti del villaggio scoprirono cosa fosse successo: il buco era stato tappato ermeticamente da qualcosa che a prima vista sembrava un semplice pezzo di legno trasportato dal mare. Fu soltanto dopo, una volta risistemata la diga, che quel qualcosa risultò essere un pezzo di legno a forma di gamba, o meglio, proprio una gamba di legno.

Qualcuno parlò di un intervento divino, qualcun altro, ripescando nelle antiche credenze, tirò in ballo il Dio del mare. Il sindaco provò a minimizzare la componente mistica dell'accaduto parlando più semplicemente di "colpo di fortuna", ma dopo le numerose e, piuttosto aggressive, insistenze dei suoi concittadini più ferventi, non appena il buco fu sistemato decise di esporre la gamba su di un piedistallo realizzato dal famoso scultore di Amsterdam Aldemar Van Der Meer, proprio ai piedi della diga, ad imperituro ricordo.

Dopo l'inaugurazione in pompa magna, da parte degli abitanti di tutta la vallata iniziò una vera e propria venerazione per quella gamba a cui si attribuivano poteri magici, se non divini. Il nuovo monumento richiamò centinaia di turisti in quello che fino a poco tempo prima era stato un villaggio dimenticato da tutti.

Il boscaiolo Aryan Van Dyk fu tra i primi ad approfittarne, aprendo un chiosco di bibite così da poter finalmente abbandonare il duro lavoro tra i boschi.

Tutto questo andò avanti per tre anni, fino a quando il parroco Flip, una notte di sessantasette anni prima, stanco di quel culto pagano portatore di infausti presagi, non trafugò la reliquia distruggendola definitivamente, tra la rabbia dei suoi concittadini che avevano appena iniziato ad arricchirsi.

Ecco il motivo per cui in quel villaggio, a distanza di anni, di fronte a un'avversità si sente ancora qualcuno sospirare "Ah, se non ci fosse stato Flip", a significare tutto il rammarico per una serie di possibilità di ricchezze perduta per sempre.

Nessuno poteva immaginare, Arjan Van Dyk compreso, che in realtà quella notte di sessantasette anni prima persino il parroco Flip, forse suggestionato dal fervore che si era creato, non ebbe il coraggio di distruggere la gamba di legno, e così, senza troppe esitazioni, l'aveva ributtata da dove era venuta, al di là della diga e dei sogni di cupidigia del piccolo villaggio, portandosi questo segreto nella tomba, quando, una decina di anni dopo, fu ucciso in circostanze misteriose con un colpo di accetta, di quelle che usano i boscaioli per fare legna nei boschi.

Pur essendoci un solo boscaiolo in tutto il villaggio, con un nome e un cognome ben precisi, il caso fu chiuso in fretta e classificato come morte per mano di ignoti, tra la tacita soddisfazione di tutto il villaggio, che per un po' sospirò tra i denti «Ah, se non ci fosse stato Flip, Flip sarebbe ancora vivo».

PARTE SECONDA

UNO

«Doan! Come procede?»

«Vai forte! Tieni il ritmo!»

«Va bene, ma come procede? Si abbassa?»

Doan inclinò la testa verso sinistra, poi chiuse l'occhio destro per essere più preciso nella misurazione. Scosse il capo e storse il muso prima di riprendere a parlare come se nulla fosse.

«Vai forte Vinpeel! Non mollare!»

«Ma insomma si abbassa o no?»

Vinpeel, esausto, guardò Doan con aria interrogativa. Doan continuò a scrutare il mare facendo finta di essersi perso dietro chissà quali calcoli e valutazioni.

«Ce l'ho con te, Doan! Si abbassa sì o no?»

«Parrebbe di sì»

«Parrebbe? Come parrebbe?»

«Parrebbe, parrebbe. Non ho detto di no. Ho detto parrebbe. E non ti scaldare».

«Non mi scaldo, ma se è inutile magari dimmelo, no? Mi sto spaccando la schiena e fa un freddo incredibile».

«È un metodo sperimentale, Vinpeel. Stiamo scoprendo insieme cosa succede».

«Sì, ma a lavorare qua ci sono soltanto io!»

Era tutta la mattina che ci provavano. O meglio, era Vinpeel che ci provava visto che Doan si limitava a dare indicazioni dalla riva supervisionando il lavoro.

«L'idea è mia e la organizzo io» urlava trionfante ogni volta che Vinpeel provava a protestare, rinfacciandogli implicitamente la stupidità della sua pensata precedente.

E non aveva tutti i torti.

Per superare tutto quel mare e raggiungere quell'Altrove fatto di luci, infatti, l'unica cosa venuta in mente a Vinpeel, un paio d'ore prima, era stato uno dei tanti racconti che Padre Earl lo costringeva ad ascoltare e che aveva ormai imparato a memoria:

"… venuta la sera, i suoi discepoli scesero al mare e si avviarono verso l'altra riva.
Soffiava un forte vento e videro Gesù che camminava sul mare…"

Vinpeel aveva scandito quelle ultime tre parole come a volerle lasciare sospese nell'aria, convinto che Doan lo avrebbe ringraziato per quella idea geniale, ma quello lo aveva fissato invece con uno sguardo vacuo. Sembrava non aver colto affatto l'insegnamento della storia, né il fatto che fosse finita.

Vinpeel, irritato, aveva ripreso il racconto da capo, mettendoci maggiore enfasi e marcando ancora di più quelle ultime tre parole. Doan aveva alzato un sopracciglio, facendo per un momento ben sperare Vinpeel, prima di ripiombare nella sua espressione vacua. Vinpeel a quel punto era sbottato:

«CAMMINARE–SUL–MARE. Sentito, Doan? CAMMINARE–SUL–MARE. È chiaro adesso?»

«Ma certo! Camminare-sul-mare. Chiaro!»

Da lì, tutta una serie di tentativi, con Doan a rifare mille volte lo stesso tragitto, avanti e indietro sulla battigia, sbuffando non appena il piede gli affondava in acqua, per poi tornare indietro e riprovare, mentre Vinpeel lo spronava a concentrarsi di più, a stare più attento.

«Ma attento a cosa?» faceva quello.

«Attento e basta» rispondeva l'altro.

Faceva un freddo infernale, era pieno inverno e l'acqua era ghiacciata, ma quando Doan provava a chiedere un cambio, Vinpeel tagliava corto: «L'idea è mia e la organizzo io».

Non che Vinpeel non volesse aiutare l'amico, intendiamoci, ma continuava ad essere terrorizzato dal racconto di Padre Earl sui Cavalieri dell'Apocalisse.

"... fu dato loro potere sopra la terra per sterminare con la spada, con la fame, con la peste e con le fiere..."

Quei Cavalieri non lo facevano dormire, e Vinpeel temeva moltissimo la prova dell'acqua, come se il non riuscire a camminarci sopra fosse sintomo di scarsa purezza e di sicura condanna divina.

La cosa era andata avanti così per un pezzo, con Doan – che agli occhi di Vinpeel era ormai spacciato di fronte ai Cavalieri – a fare avanti e indietro sull'acqua, e Vinpeel a dirgli di stare più attento.

«Ma attento a cosa?» faceva quello.

«Attento e basta» rispondeva l'altro.

Fino a quando Doan, con il piede a mezz'aria, non aveva urlato: «Svuotiamolo!»

Questa volta era stato Vinpeel ad avere lo sguardo vacuo.

«Che hai detto, scusami?»

«Ho detto svuotiamolo».

«Ho sentito. Ma svuotiamolo, cosa?»

«Il mare».

A questo punto era toccato a Vinpeel alzare un sopracciglio e guardare tutta quell'acqua che pareva non dovesse finire mai. Doan aveva ripreso a parlare, con ancora il piede a mezz'aria «In fondo sarà come una vasca da bagno, no? Solo molto più grande».

Il ragionamento non faceva una grinza. A furia di togliere l'acqua, prima o poi quel mare si sarebbe svuotato, non c'era dubbio. Vinpeel aveva però qualche riserva circa la sua applicazione pratica, ma non aveva fatto in tempo a obiettare che il piede di Doan, di nuovo sulla sabbia, era già andato insieme all'altro a prendergli un secchio. Vinpeel aveva accennato un moto di protesta mentre quel coso gli veniva messo tra le mani, ma nulla aveva potuto di fronte alla logica stringente e incline alla rivalsa di Doan che gli aveva ripetuto sorridendo: «L'idea è mia e la organizzo io. Era così, giusto?»

Andarono avanti in quel modo per un bel pezzo, con Vinpeel che riempiva secchi e svuotava a riva il mare, e Doan che controllava il livello dell'acqua, piegando la testa verso sinistra e chiudendo l'occhio destro per essere più preciso nella misurazione.

Per quanto Doan continuasse a rassicurarlo che tutto procedeva bene, Vinpeel non registrava nessun cambiamento di sorta, fin quando il mare, all'improvviso, si abbassò.

Se ne accorse Vinpeel, che vide l'acqua ritirarsi da sotto i suoi piedi.

«Doan! Doan, guarda!»

E se ne accorse Doan, che non ebbe più bisogno di chiudere l'occhio destro.

«Vinpeel! Vinpeel, guarda!»

Il piano stava funzionando. Entrambi iniziarono a urlare e a saltare sulla spiaggia come due ossessi, fino a quando una voce li interruppe.

«C'è mica la mia gamba laggiù?»

Ai due ragazzini si gelò il sangue.

Era Krisheb.

Il matto del paese.

DUE

Krisheb non era pericoloso.

Eppure Vinpeel si era abituato a stargli alla larga. Aveva sentito quella frase così tante volte che alla fine gli si era ficcata in testa. "Stai lontano da Krisheb" gli dicevano, per poi aggiungere con molta più preoccupazione "E soprattutto stai lontano dalle sue follie".

Di più, però, non gli era dato sapere. Né quanto lontano dovesse stare da Krisheb né quali fossero queste follie. Quindi Vinpeel andava a intuito.

Per il primo punto aveva deciso che una strada di distanza fosse più che sufficiente, e così ogni volta che lo vedeva gironzolare sulle stampelle, si spostava sul lato opposto. Per il secondo punto, invece, brancolava nel buio. Aveva provato a ricostruire un po' la faccenda senza però venirne mai a capo.

Persino Padre Earl, che predicava spesso la fratellanza e l'amore universale, lo esortava a non avvicinarcisi in quanto "Senza Dio, intriso di un pericoloso laicismo senza alcuna spiritualità".

A Krisheb tutto questo, ovviamente, non importava.

Viveva nella casa più scalcagnata di Dinterbild, invasa da rampicanti che arrivavano fin dentro la cucina e con le tapparelle tutte rotte.

A uno straniero sarebbe sembrata una casa abbandonata come tante, ma siccome a Dinterbild non era mai arrivato nessuno straniero, quella restava più semplicemente "la casa di Krisheb".

Nel giardino e fin sul tetto c'erano una miriade di congegni e strani aggeggi che Krisheb aveva costruito e accatastato negli anni e che occupavano ormai ogni angolo.

"Invenzioni" le chiamava lui.

"Cianfrusaglie" le chiamavano gli altri.

A Dinterbild, ogni volta che si sentiva il nome di Krisheb, c'era sempre qualcuno che rideva di gusto, seguito a ruota da tutti gli altri.

Usato come sinonimo di *stramberia*, *stravaganza*, *ghiribizzo*, *bizzarria*, il suo nome era ormai entrato nel gergo comune in forma di sostantivo:

Krìshebbata (o krishebata) sost. [der. di Krisheb]. –**1**. Tutto ciò che è bizzarro, assurdo, non-sense. Contrario di normale, quotidiano, ovvio. Equivalente di *un'idea bizzarra e similari; una pensata assurda e similari;* ◆ *Avv.* **krishebbataménte**, *forma poco usata, sta per "alla Krisheb"*.

Ma neanche questo a Krisheb pareva importare.

L'unica cosa che occupava i suoi pensieri era ritrovare la gamba di legno che aveva perso tempo addietro e che era sicuro il mare un giorno gli avrebbe riportato.

«C'è mica la mia gamba laggiù?»

Vinpeel e Doan rimasero in silenzio sulla battigia, incerti sul da farsi, a guardare Krisheb avvicinarsi sulle stampelle.

Doan diede una piccola spinta a Vinpeel mentre gli sussurrava «Forza rispondigli, che sennò si insospettisce».

Vinpeel, dal canto suo, farfugliò qualcosa in direzione di Krisheb.

«No… qui… qui non c'è nulla…»

«Poco male. Tornerà. È un problema se l'aspetto qui?»

«No… credo… credo di no…»

Doan imprecò tra i denti per la risposta stupida dell'amico «Grande pensata, Vinpeel. Ora siamo costretti a fermare i lavori».

Vinpeel gli rispose con un cenno stizzito, mentre Krisheb si liberava delle stampelle e si accomodava sulla sabbia a guardare verso l'orizzonte.

«E voi, invece, cosa avete perso?»

Doan si azzittì spalancando gli occhi per lo stupore. Vinpeel si guardò intorno confuso, cercando di capire a cosa si riferisse Krisheb.

«In che senso?»

«Beh, tutti quelli che stanno vicino al mare hanno perso qualcosa. Si mettono qui e aspettano che il mare glielo restituisca».

«… a dire il vero… nulla…»

«Capisco. Non lo sapete ancora».

Vinpeel si voltò verso Doan in cerca di aiuto, ma quello lo guardò senza dire nulla, con gli occhi ancora spalancati. Vinpeel allora si gonfiò di aria e coraggio prima di parlare.

«Non ancora…. sappiamo cosa… esattamente?»

«Non sapete ancora cos'è che avete perso. Ma nel dubbio aspettate. È giusto così. A volte ritroviamo cose che non sapevamo di aver perduto. Qualcuno le chiama scoperte. Altri rivelazioni. In realtà si tratta di cose che già ci appartenevano e che abbiamo perso senza accorgercene. Ecco perché ci sono subito così familiari».

Krisheb non disse altro. Guardò verso Vinpeel, guardò verso Doan, poi guardò la sua ombra, impaziente, come se stesse aspettando qualcosa. Vinpeel si guardò gli alluci, imbarazzato, dondolando sui talloni, prima di riprendere a parlare.

«E di preciso, come si perderebbero quelle cose?

«Abbiamo buchi nell'anima che neanche immaginiamo, grandi come intere emozioni e larghi come sogni. Se non stai attento da lì ti ci può scivolare via una vita intera in un baleno. E non è detto che tu sia così fortunato da ritrovarla. Ma se non avete perso nulla, allora perché volete svuotare il mare?»

Vinpeel rimase spiazzato da quella domanda improvvisa. Cercò gli occhi sgranati di Doan. La loro, che doveva essere una missione segretissima, rischiava di sfumare per una fuga di notizie.

«Il mare? Non si può mica... mica si può svuotare il mare...» abbozzò Vinpeel tentando di salvare il salvabile.

«Lo so benissimo. Infatti non riuscivo a capire i vostri festeggiamenti visto che...», Krisheb abbassò lo sguardo verso la sua ombra, «... a questo punto dovrebbe mancare...», Krisheb alzò lo sguardo verso il sole, «... davvero pochissimo».

Krisheb a quel punto iniziò a contare, con gli occhi ancora dentro il sole.

«... SEI... CINQUE...»

Vinpeel si guardò intorno per capire se da qualche parte stesse arrivando un pericolo.

«... QUATTRO... TRE...»

Doan invece era ancora paralizzato dall'incontro, tanto che sembrava non respirare più.

«... DUE... UNO...»

Krisheb sorrise per un istante, gli occhi ancora rivolti verso il sole e...

«... ZERO».

Fu un attimo.

Arrivò come un'onda.

Il livello del mare salì all'improvviso.

La riva fu nuovamente invasa dall'acqua e da tutto ciò che portava.

Pesci, rami, conchiglie, gusci. Tutto quello di cui il mare sembrava volersi disfare.

Se ne accorse Vinpeel che, sentendo di nuovo l'acqua sotto i piedi, strillò: «Doan! Doan, guarda!»

Non se ne accorse Doan che, ancora immobile e sbalordito, fissava Krisheb.

«È la marea» disse Krisheb. «È inutile provarci. Da Dinterbild non c'è modo di andar via. Ve lo dice uno che ci ha perso due gambe. Una vera e una di legno. Buona ricerca a voi, allora. Vado a vedere se il mare mi ha restituito ciò che si è preso».

Krisheb si tirò su e lasciò andare lo sguardo tra le cose portate dal mare. Vinpeel e Doan restarono lì, a vederlo andar via sulle sue stampelle. Ogni tanto si fermava e ne usava una per rovesciare qualche pezzo di legno nella speranza che fosse la sua gamba.

Doan finalmente tornò in sé.

«Vinpeel, ti sei accorto…»

«Sì, Doan, bella idea del cacchio che hai avuto… mi sono spaccato la schiena per niente».

«Non mi riferivo a quello… ti sei accorto di Krisheb?»

«Ovvio. Ci ho anche parlato. Hanno ragione. È fuso come una campana…»

«… no Vinpeel, Krisheb… Krisheb riesce a vedermi».

TRE

Vinpeel guardò Doan interdetto. Poi gli chiese: «Ma sei sicuro?»

«Certo. Non hai visto che parlava a tutti e due?»

Ci rifletté su un momento, in effetti Krisheb sembrava davvero capace di vedere Doan.

Non c'era nulla di strano nel vedere Doan, intendiamoci, ma questo valeva soltanto per Vinpeel dato che era l'unico che riusciva a farlo a Dinterbild. E mentre Vinpeel e Doan pensavano che il problema fosse di tutti gli altri, tutti gli altri si erano convinti che il problema fosse di Vinpeel. Senza tra l'altro curarsi degli eventuali problemi di Doan visto che lui, a loro dire, semplicemente non esisteva.

Fu Padre Earl in particolare a interessarsi della faccenda, portando più volte Vinpeel dal Dottor Fros che, dopo innumerevoli "dicatrentatré", "tirifuorilalingua" e "sisdraipercortesia", terminava sempre la visita con la stessa diagnosi: «È l'età».

La risposta non piaceva molto a Padre Earl che commentava sempre con un energico «Gliela faremo passare».

A quel punto tirava via Vinpeel per la manica e gli iniziava a spiegare quanto fosse pericoloso vedere cose che non esistono. Lo inchiodava per ore nel sagrato della Chiesa, spalle al muro, dove a furia di parlare e parlare riusciva sempre ad estorcergli un "Promesso" di fronte alla richiesta di non farlo più.

Ora la scoperta che anche Krisheb riusciva a vedere Doan, aveva scompaginato gli equilibri che i due ragazzini si erano creati.

Vinpeel decise quella sera stessa di andare a cercare maggiori informazioni nell'unico posto a Dinterbild dove fosse possibile ascoltare delle confidenze: La Locanba Biton.

Si trattava di confidenze esagerate, al sapore di vino e di occhi arrossati, ma erano l'unica chiave di accesso che aveva Vinpeel per comprendere il mondo che c'era intorno a lui, e per avere notizie su *il matto del paese*.

Una volta entrato nella Locanba, Vinpeel trovò il signor Biton di pessimo umore. La cosa non lo stupì troppo dato che il signor Biton era sempre di pessimo umore. Ma quando il signor Biton lucidava con quella foga i bicchieri, voleva dire che l'umore da pessimo gli era girato in *davvero* pessimo, e allora era consigliabile stargli alla larga.

C'era soltanto una cosa capace di fargli lucidare con quella foga i bicchieri ed erano le domande sull'insegna del suo locale.

Già, perché *Locanba Biton* in realtà non era il vero nome della Locanba Biton. Certo, era il nome che si trovava sull'insegna e, di conseguenza, il nome con cui tutti ormai la chiamavano a Dinterbild, ma non era il suo vero nome, o per lo meno non era quello che doveva avere nelle intenzioni del signor Biton. A voler essere più precisi, *Biton* non era neanche il vero nome del signor Biton, e di conseguenza neanche quello della signora Biton.

Questa circostanza lo irritava particolarmente, ancora di più quando glielo si faceva notare. Generalmente la discussione iniziava con un "Perché" e finiva con un "Basta", che coincideva con il momento in cui si metteva a lucidare i bicchieri.

«Perché?»
«Perché cosa?»
«Perché *Locanba*?»
«Perché?»
«Perché è sbagliato scritto così».
«Così come?»
«Con quella B in mezzo…»
«E chi l'ha detto?»
«Beh, nessuno. È così e basta».
«…»
«Allora? Perché è scritto così?»
«Perché lo vuole sapere?»
«Ma c'è bisogno di fare tutte queste domande?»
«Non mi ha risposto, però».
«Neanche lei».
«Perché è così. E basta».

Tutti a Dinterbild sapevano quale fosse il motivo. E sapevano anche quanto il chiederglielo facesse imbestialire il signor Biton. Ma vederlo diventare paonazzo era uno dei passatempi preferiti del paese. E non ci avrebbero rinunciato per nulla al mondo.

La faccenda risaliva a quando il signor Biton (che allora non si chiamava ancora Biton) decise di modernizzare il locale. Per farlo, affisse un annuncio in cui richiedeva l'ausilio di due lavoratori per un lavoro definito "Top-Secret". In cambio offriva la possibilità di "accedere liberamente alla cantina per una giornata intera".

Le candidature furono numerose, attirate soprattutto dalla parola "liberamente", tanto che il signor Biton (che neanche allora si chiamava Biton) fu costretto a fare dei veri e propri colloqui. Alla fine la spuntarono Selmer e il Dottor Fros che furono assunti con una pacca sulla spalla e l'entusiasta affermazione "Quando si cambia, si inizia dal principio!". Frase che i due ripeterono tempo dopo di fronte al giudice Morel, giurando e spergiurando di averla sentita dire proprio da Biton che, a quel punto, suo malgrado, già veniva chiamato così.

Biton (quando ancora non si chiamava così) aveva un progetto ambizioso per il suo locale: installare la prima insegna luminosa di Dinterbild. Un qualcosa che "potesse accendere la notte" e "fare concorrenza alle stelle" per quella che doveva essere "l'inaugurazione del secolo". E per farlo voleva delle lettere "alte quanto una persona" da mettere sul tetto, affinché da ogni punto di Dinterbild si potesse vedere la "meravigliosa scritta *LOCANDA ROTIRDERN*".

Locanda Rotirdern.

Che poi altro non era che il vero nome del signor Biton.

O del signor Rotirdern.

A seconda dei punti di vista.

Una volta spiegato il progetto, Rotirdern/Biton lasciò Selmer e il Dottor Fros soli nel locale. I due avevano il divieto assoluto di uscire per timore che potessero svelare qualcosa e l'obbligo di terminare il lavoro entro due giorni, giusto in tempo per l'inaugurazione.

«Entrambi i punti furono evidentemente rispettati» avrebbero più volte ripetuto Selmer e il Dottor Fros di fronte al giudice Morel non troppo tempo dopo.

I due si misero subito all'opera, lavorando di lena e, dopo la prima giornata, avevano già realizzato quasi tutte le lettere necessarie. A quel punto fu Selmer – a detta del Dottor Fros –, o il Dottor Fros – a detta di Selmer –, ad esclamare soddisfatto la frase: "Ci meritiamo una pausa in cantina".

La pausa però durò fino all'indomani quando, a poche ore dall'inaugurazione, Selmer – a detta del Dottor Fros –, o il Dottor Fros – a detta di Selmer – esclamò: "Cazzo! L'inaugurazione!"

Corsero, perciò, a finire le lettere rimanenti, che nella fattispecie erano due *D*, per poi trasportare tutto il materiale sul tetto della locanda e iniziare a montarlo.

Si appostarono sotto il tendone che il signor Rotirdern aveva predisposto affinché nessuno potesse vedere quanto stavano preparando, e iniziarono a montare più in fretta che poterono. Sotto di loro già si sentiva il rumoreggiare della folla venuta per l'occasione e la voce di Rotirdern che faceva gli onori di casa ripetendo pressappoco le stesse espressioni che aveva usato con loro, ma in tono ancora più magnificente: "accendere la notte", "concorrenza alle stelle" e "inaugurazione del secolo".

Fu però con sconcerto che durante le operazioni di montaggio, Fros e Selmer sentirono un tonfo. Le tre *R* di Rotirdern erano cadute rovinosamente a terra, fracassandosi e lasciando completamente spiazzati i due.

«Di sasso», come specificò il Dottor Fros al giudice Morel.

«Di sasso», come confermò Selmer.

Dopo aver urlato «È tutto ok! Solo qualche minuto!» per tranquillizzare i presenti, i due si riunirono per una breve consultazione e decisero *stoicamente* di salvare l'inaugurazione: avrebbero continuato a montare con quello che c'era.

Seguirono diverse riflessioni e vari tentativi, fin quando optarono per la scritta *Locanda Denito*.

«Non è male» disse il Dottor Fros.

«Non è male» confermò Selmer.

I due si rimisero sotto con il lavoro, ma dopo pochi istanti si accorsero di essersi completamente dimenticati di costruire la lettera *E* che, mancando all'appello, lasciò nuovamente spiazzati i due.

«Di sasso», come specificò poi il Dottor Fros.

«Di sasso», come confermò Selmer.

Dopo aver urlato «È tutto ok! Solo qualche minuto!» per tranquillizzare i presenti, i due si riunirono per una nuova e breve consultazione, e decisero *ancor più stoicamente* di salvare l'inaugurazione: avrebbero continuato a montare con quello che c'era.

Le riflessioni furono simili così come i tentativi, e la scelta cadde sulla scritta *Locanda Dinto*.

«Non è malaccio» disse il Dottor Fros.

«Non è malaccio» confermò Selmer.

I due si rimisero sotto con il lavoro, ma non passò che qualche istante che si accorsero di un errore madornale, al posto delle due *D* avevano costruito due *B*, rimanendo ancora una volta spiazzati.

«Di sasso», come specificò poi il Dottor Fros.

«Di sasso», come confermò Selmer.

Dopo aver urlato «È tutto ok! Solo qualche minuto!» per tranquillizzare i presenti, i due si riunirono, ormai allo stremo, per una ennesima e breve consultazione e decisero *ancor più stoicamente di prima* di salvare l'inaugurazione: avrebbero continuato a montare con quello che c'era.

Dopo una lunga consultazione optarono per l'unica soluzione possibile: *Locanba Biton*.

«Non è... vabbè, lasciamo stare» disse il Dottor Fros.

«Già...» confermò Selmer.

Una volta montate le luci, i due diedero a malincuore l'ok e tutto fu pronto per "l'inaugurazione del secolo".

Il signor Rotirdern, al settimo cielo, proferì le ultime parole di circostanza.

Poi fece un inchino.

Tirò con forza la fune.

E tutta Dinterbild si illuminò.

Le bocche dei presenti si spalancarono. Non avevano mai visto nulla del genere. Il signor Rotirdern continuava a sorridere a destra e a sinistra, colpendo a casaccio tra la gente. A poco a poco gli occhi delle persone iniziarono ad abituarsi a quella luce e i contorni della scritta a farsi più nitidi.

La prima ad accorgersene fu la signora Witt che, nonostante l'età, ci vedeva benissimo, e disse: «E di preciso cosa sarebbe una Locanba? E chi sarebbe Biton?»

Subito attirò l'attenzione dei vicini che, leggendo a loro volta, iniziarono a confabulare con altri vicini. Questi fecero lo stesso con altri vicini, fino ad arrivare all'ultimo che, non avendo più vicini a disposizione, cominciò a ridere.

Il signor Rotirdern non si era accorto di nulla, continuava a regalare sorrisi, fino a quando non sentì la prima risata, seguita da una seconda, poi da una terza e così via. Una strana sensazione lo convinse a girarsi verso "l'inaugurazione del secolo". Fu a quel punto che strabuzzò gli occhi e cadde al suolo con un tonfo.

Davanti al giudice Morel, il signor Rotirdern (che al tempo del processo veniva già chiamato da tutti signor Biton) raccontò tutto l'accaduto, ma con scarso successo visto che a Dinterbild i processi non portavano mai a nulla. Il giudice Morel, infatti, a causa dell'età avanzata, al momento della sentenza si impietosiva e ci ripensava sempre, invitando le parti a stringersi la mano, fare pace e non pensarci più. Giustificava la sua decisione con l'antico brocardo "Il tempo è tiranno. Non si può certo sprecare a litigare", che in realtà non era un brocardo ma quello che suo nonno diceva a sua nonna quando doveva giustificare qualche scappatella.

L'unica cosa che poté fare il signor Rotirdern fu spegnere per sempre le luci dell'insegna – quella che doveva "accendere la notte" e fare "concorrenza alle stelle" – arrendendosi al fatto che ormai per tutta Dinterbild era diventato il signor Biton, e la sua Locanda venisse chiamata da tutti Locanba.

Evidentemente poco prima che Vinpeel arrivasse, qualcuno gli aveva fatto la domanda sbagliata. E nel vedere il signor Biton accanirsi sui suoi bicchieri, Vinpeel preferì evitarlo e dirigersi spedito verso gli avventori che affollavano il locale e che parlavano animatamente.

«Vinpeel! Dove diavolo ti eri cacciato?» urlò Selmer non appena lo vide. «Vieni qui. Stiamo preparando il calendario per le prove».

«Le prove per cosa?»

Selmer rise insieme agli altri compagni di bevuta. Poi fece uno sguardo cattivo in direzione di Vinpeel.

«Non fare il furbo, ragazzino. Per la *Grande Orchestra di Fiati*. Te l'avevo detto, e dovresti essere onorato. Quest'anno non scappi».

Selmer era fissato con quella faccenda della Banda. O meglio, della *Grande Orchestra di Fiati*, come la chiamava lui. Ogni anno, quando si avvicinava la Festa della Merla, radunava le solite dieci persone per suonare alla festa i soliti brani.

Lo spettacolo non era dei migliori, anzi, ma nessuno a Dinterbild aveva mai avuto il coraggio di dirlo a Selmer. Ufficialmente per paura di ferirlo, in realtà per paura del suo destro.

«Ma io non so suonare, Selmer!» protestò Vinpeel.

«Tu non preoccuparti. Il Direttore sono io e decido io chi sa suonare e chi no. Ragazzi» fece Selmer alzandosi in piedi, «un attimo di attenzione, prego. Voglio presentarvi il nostro nuovo piattista!»

Dalla sala si alzarono numerosi bicchieri, grida di auguri e molti iniziarono a battere i pugni sui tavoli per far rumore. Vinpeel fissò tutti intimorito.

«Sorridi, imbecille!» sibilò Selmer, e Vinpeel subito si sforzò in un sorriso e in piccoli inchini di ringraziamento.

Quando tutti si immersero nuovamente nei loro discorsi, Vinpeel si rivolse a Selmer.

«Selmer, che cosa sarebbe un piattista?»

«Vieni dopodomani mattina alle prove e lo vedrai».

Vinpeel salutò Selmer e iniziò a gironzolare tra gli ubriachi del locale, riprendendo la ricerca di quelle confidenze che potevano aiutarlo a fare luce su Krisheb e sul perché riuscisse a vedere Doan.

Individuò il tavolo con la gradazione alcolica maggiore e si limitò a inserire una semplice parola tra i loro discorsi, come si infila un gettone quando si vuole fare un giro sulle giostre: «E Krisheb?»

Quelli si fermarono un istante.

Vinpeel li guardò.

E la giostra partì.

QUATTRO

«Assolutamente no! Era di inverno ti dico».

«Ma cosa dici? Se faceva caldissimo!»

La moneta inserita da Vinpeel ci mise poco ad attivare la giostra.

Se c'era una cosa che aveva imparato lavorando dal signor Biton, era che gli ubriachi cercano solo una scusa per azzuffarsi. Basta buttare lì un argomento, di qualunque tipo, e quello diventa all'istante pretesto per epici scontri dialettici.

Sulla moneta inserita da Vinpeel c'era scritta la parola *Krisheb* e, dopo la solita raccomandazione "stai lontano da lui", e l'aggiunta "e soprattutto dalle sue follie", nella sala si iniziò a parlare del giorno in cui tentò di volare, dando definitiva prova della sua pazzia.

«Assolutamente no! Era di inverno ti dico».

«Ma cosa dici? Era estate. Faceva caldissimo!»

Mediata la zuffa attraverso un generico "e va bene, era estate, ma un'estate molto fredda", tutti furono d'accordo nel ricordare lo stato di eccitazione in cui versava Krisheb quel giorno in cui, sventolando dei fogli pieni di numeri, si era alzato da uno dei tavolini della Locanba e aveva gridato: «È fattibile vi dico, i calcoli parlano chiaro!»

La preoccupazione serpeggiò tra i presenti perché tutti i suoi fallimenti erano sempre stati inaugurati da quelle parole: "È fattibile vi dico, i calcoli parlano chiaro!"

"Ultime parole famose", avrebbe detto qualcuno.

"Le ultime se continua così" dicevano a Dinterbild, visto che ogni volta Krisheb rischiava di rimetterci le penne.

Fatto sta che quel giorno, dopo averlo sentito dire "i calcoli parlano chiaro", in molti erano accorsi numerosi.

Lo avevano visto arrampicarsi sul tetto di casa sua, aspettare che si radunasse una folla cospicua – la stessa che secondo i calcoli avrebbe dovuto celebrare la sua impresa – e lanciarsi giù con qualcosa ancorata alla schiena.

Secondo i calcoli di Krisheb (che parlavano chiaro), la folla avrebbe dovuto vedere non un corpo ma un genio, letteralmente un *ge-ni-o* (così avrebbero raccontato in seguito), arrampicarsi sul tetto (con naturalezza), guardarsi intorno (come chi sa esattamente ciò che sta facendo) e, come fosse la cosa più naturale del mondo, volare su quelle facce cristallizzate nello stupore più grande.

Il *ge-ni-o.*

Che *vo-la.*

E la folla, sì, cristallizzò la facce in un'espressione di stupore (i calcoli, almeno in quel punto, erano chiari), ma solo perché vide un impavido arrampicarsi sul tetto, guardarsi intorno soddisfatto con una roba indefinibile legata sulle spalle, per poi lasciarsi cadere giù a peso morto. Senza un urlo. Ma con una compostezza encomiabile.

Lo schianto era stato tremendo.

E soltanto a quel punto la folla capì che la cosa misteriosa che Krisheb aveva legata alla schiena era una gabbia che, nell'impatto, si era aperta liberando una dozzina di uccelli impauriti.

«Erano molto più di una dozzina! Me lo ricordo benissimo!»

«Ma che dici? Se la gabbia sarà stata al massimo grande così!»

Mediata la zuffa attraverso un generico "e va bene, erano più di una dozzina, ma allora dovevano essere uccelli molto piccoli per entrare in quella gabbia", tutti furono d'accordo nel definire *terribili* le parole del Dottor Fros dopo l'intervento cui sottopose Krisheb: «Purtroppo non ce la farà. Mi dispiace. Ho fatto il possibile».

E questo perché il Dottor Fros aveva omesso di dire che si stava riferendo alla gamba di Krisheb e non all'intero Krisheb che, a differenza della gamba, se la cavò con qualche mese di riposo assoluto, una lunga riabilitazione e il divieto categorico di fare ulteriori esperimenti.

Appena Krisheb si svegliò dallo stato di incoscienza, ci tenne comunque a ribadire che i suoi calcoli parlavano chiaro.

Aveva, infatti, allevato per mesi gli uccelli, gravandoli con dei pesi per vedere quanto carico potesse portare ognuno in volo. Poi aveva calcolato il suo peso corporeo, l'aveva distribuito tra i vari uccelli ed era arrivato alla soluzione: X uccelli (una dozzina o forse di più) raggiungevano la necessaria *Forza Volatile* – così la chiamava Krisheb – che era la forza necessaria per sostenere il suo peso in volo.

Semplicissimo.

I calcoli non si fermavano qui. Prevedevano anche un margine di errore dovuto a qualche uccello pigro o ad altri fattori non calcolabili. E fu a causa di questo eccesso di zelo che la convalescenza di Krisheb fu ancora più dolorosa.

Già.

Krisheb aveva pensato bene di cucirsi dentro i vestiti delle sacche in cui introdurre un numero imprecisato di insetti al fine di aumentare la portata di *Forza Volatile*. Il problema fu che durante i primi giorni dall'incidente, Krisheb rimase incosciente e non poté comunicare al Dottor Fros quel *leggero* fastidio che sentiva per tutto il corpo. Gli insetti passarono giorni a cercare di uscire dalle sacche, martoriando il povero Krisheb che fu salvato da una reazione allergica.

Non servì a niente per lui riuscire a svegliarsi e mormorare con un filo di voce «Ho un leggero fastidio per tutto il corpo». Nemmeno ripeterlo più volte: «Ho un leggero fastidio per tutto il corpo». Il Dottor Fros rispondeva infatti serafico e professionale: «È normale, hai fatto una brutta caduta». Fino a quando però il Dottor Fros, esasperato dai continui lamenti di Krisheb, non si decise a spogliarlo e capì finalmente cosa stava succedendo. A quel punto disse: «Ce la farà. Siamo stati fortunati».

Tutti a quel punto gridarono al miracolo pensando che il Dottor Fros, che continuava a omettere i soggetti delle proprie diagnosi, si riferisse alla gamba, ormai amputata, e non a Krisheb e al pericolo appena scampato.

Ad ogni modo, non era la prima volta che Krisheb provava a volare.

Lo avevano visto molte volte armeggiare con strani aggeggi fatti di ombrelli e accrocchi dalle forme improbabili, ma dopo quel fattaccio tutta Dinterbild gli estorse la promessa di smetterla con gli esperimenti. Krisheb acconsentì, e da allora lo potevi vedere zoppicare su una gamba di legno mentre andava verso il mare, l'unico posto, a suo dire, dove riusciva a distrarsi dalle sue fissazioni.

Per un pezzo tutto sembrò filare liscio, fino a quando Krisheb non tornò sconsolato da una di quelle passeggiate solitarie senza la sua gamba di legno, ripetendo tra sé "quel che il mare prende, il mare rende".

Poche ore prima, non appena l'aveva vista galleggiare in mare, la prima cosa che aveva fatto era stato rincorrerla. La decisione, per quanto coerente, non fu però delle più felici visto che senza la gamba fu giocoforza per Krisheb cadere rovinosamente a terra. Da quella posizione supina riuscì però ad analizzare rapidamente quel dato empirico e sviluppare una sua, inconfutabile, teoria:

(*visto che*) per rincorrere qualcosa c'è bisogno di entrambe le gambe;

(*ma visto altresì che*) a dover essere rincorsa era proprio la sua gamba;

(*ne consegue che*) non risultano esserci gambe sufficienti per rincorrere alcunché;

(*da cui si deduce*) il motivo della caduta.

Questa logica stringente fu riassunta da Krisheb con un'unica parola, che non fu propriamente *Eureka* ma *Porcatruzza.*

La parola fu ripetuta a bassa voce, e poi con più veemenza, mano mano che la gamba si allontanava verso il largo, toccando il suo picco di volume quando la teoria di Krisheb si arricchì di un ulteriore passaggio logico:

(in virtù di quanto visto su) la gamba è irrimediabilmente persa.

Krischeb provò comunque ad andargli dietro saltellando su una gamba sola, per poi arrendersi all'evidenza: anche quella gamba se n'era andata, come era già successo a quella di carne datagli in dotazione. E, a pensarci, anche questa se n'era andata per colpa di quella sua mania di arrovellarsi sull'Altrove.

Nonostante avesse giurato a se stesso – e soprattutto agli altri – che mai più si sarebbe cimentato nei suoi esperimenti, Krisheb aveva preso l'abitudine di guardare la marea.

Nulla di male, lo faceva solo per distrarsi e per non pensare ai suoi esperimenti. Lo rilassava infatti vedere quella massa d'acqua muoversi di continuo.

Tutto sembrava filare liscio fino a quando il richiamo della scienza si fece sentire di nuovo facendogli esclamare «Porcatruzza!».

Anche in questo caso si trattava della sintesi, forse un po' superficiale, di un altro ragionamento logico e profondo che lo aveva portato a pensare che un altrove – quell'Altrove – doveva esserci da qualche parte, se non altro per contenere tutta l'acqua che sembrava sparire quando la marea si abbassava per poi tornare puntuale il giorno dopo.

Krisheb iniziò a studiare il fenomeno di nascosto dal resto di Dinterbild, ma fu proprio durante una di quelle giornate che, sganciata la gamba di legno e appoggiata sulla sabbia ("anche la gamba di legno ha bisogno di sgranchirsi un po'", amava ripetere), si accorse che quella galleggiava ormai in acqua.

Dopo aver provato a raggiungerla, Krisheb la seguì con lo sguardo, fino a quando non la perse dietro la linea dell'orizzonte.

Tuttavia non si scompose.

Continuò ad andare ogni giorno sulla riva del mare alla ricerca della gamba persa. Se c'era infatti una cosa che aveva imparato nei suoi lunghi pomeriggi di studio era che "quello che il mare prende, il mare rende". Convinzione desunta empiricamente dal numeroso materiale che ogni volta il mare lasciava depositato sulla sabbia quando si ritirava.

Ecco perché quel giorno, quando tornò dalla spiaggia senza la sua gamba di legno, continuava a ripetere tra sé "Quel che il mare prende, il mare rende".

«Ma assolutamente no! "Quel che il mare stende, il mare svende", questo va dicendo Krisheb!» sbottò uno degli ubriachi interrompendo il racconto.

«Ma non ha alcun senso!» obiettò il narratore.

«E che ci posso fare? Lo dice Krisheb, mica io!»

La zuffa stavolta non fu mediata da alcunché, perché nel frastuono irruppe il signor Biton che, fissando il cielo fuori dalla finestra, disse: «Guardate!»

CINQUE

«... di là, di là...»

«... io l'ho vista cadere qui...»

«... è molto più su, fidatevi...»

«... non si vede nulla, è buio pesto...»

Tutti gli abitanti di Dinterbild vagavano nell'oscurità della notte, con soltanto qualche torcia ad illuminare il fitto del bosco. Vinpeel e Doan li seguivano a distanza, senza farsi scorgere, visto che l'ultima raccomandazione di Biton prima di andarsene era stata "Tu resta qui a controllare la Locanba".

«... voi, laggiù, visto qualcosa?...»

«... macché...»

«... niente di niente...»

«... per di qua, mi pare di aver sentito un rumore...»

La tentazione però per Vinpeel era stata troppo grande. Gli era bastato incrociare lo sguardo di Doan, appena accorso, per decidere di andare. Non aveva mai visto una cosa del genere.

«... niente, falso allarme...»

«... possibile che non ancora si trova nulla?...»

«... continuiamo a cercare...»

«... forse è su un albero...»

Gli abitanti di Dinterbild si erano riversati fuori. Camminavano compatti nella stessa direzione.

«... ma no, è qui da qualche parte...»

«… laggiù avete visto?…»

«… è più su vi dico…»

«… fate un fischio se vi perdete…»

"Guardate" aveva detto Biton, indicando fuori dalla finestra.

E tutto nella Locanba si era fermato.

Una scia luminosa stava attraversando la notte.

Lenta.

Pareva sospesa, per quanto andava piano.

Erano usciti fuori per vedere meglio. Si erano messi lì, fermi, con il naso all'insù. Le porte delle case si erano aperte una dopo l'altra. E altri nasi si erano messi a loro volta all'insù. E poi altri ancora. Tutti puntando verso la stessa meraviglia.

Nessuno aveva detto niente.

E soprattutto nessuno, in quel momento, si era ricordato di contare il tempo. Perché quando quella bava di luce finì, nessuno avrebbe potuto dire quanto, di quel tempo, fosse effettivamente passato. Secondi. Minuti. O vite intere.

Quando la luce terminò la sua parabola nel bosco, tutti a Dinterbild si infilarono i cappotti, presero le torce e si avviarono in quella direzione, senza dire nulla, come fosse una cosa normale.

«… stiamo girando in tondo, non c'è altra spiegazione…»

«… forza, deve essere qui intorno…»

«… guardate meglio, diamine…»

«ECCOLA! TROVATA!»

Nel bosco per un istante non si sentirono più passi. Poi alcuni iniziarono a dirigersi verso l'ultima voce. Si avvicinavano rallentando, come a non voler disturbare.

Quando Vinpeel e Doan arrivarono, trovarono sul posto tutti gli abitanti di Dinterbild. Si appostarono dietro un cespuglio, per non farsi vedere, cercando di intuire tra quelle sagome scure cos'è che era stato trovato, senza però riuscire a scorgere nulla.

«Doan, tu vedi qualcosa?» bisbigliò Vinpeel.

«...»

«Doan, vedi qualcosa?»

«Ehm... sì».

«Io no. Mi stanno tutti davanti. Cos'è caduto?»

«...»

«Doan, mi senti?»

«Non... non saprei».

«E allora cos'è che vedi, scusa?»

«Krisheb».

«È ovvio. C'è tutta Dinterbild lì in mezzo».

«Non è lì in mezzo. È nascosto qui di fianco a noi».

Vinpeel si voltò e vide Krisheb a pochi metri di distanza, anche lui intento a scrutare tra le foglie e le sagome dei compaesani.

«Beh... vai a parlargli! Almeno capiamo se ti vede» disse Vinpeel sottovoce.

«E cosa gli dico?»

«Che ne so, una cosa qualunque».

«Ok».

Doan strisciò per qualche metro in direzione di Krisheb, prima di tornare indietro, come se avesse dimenticato qualcosa.

«Vinpeel...»

«Dimmi».

«Io... mi sa che mi vergogno».

«Che significa?»

«Non ho mai parlato con nessuno, a parte te. Non so cosa dire».

«Salutalo. Fai come con me. Digli "Ciao" o "Buonasera signor Krisheb"».

«Ok».

Doan strisciò nuovamente verso Krisheb, prima di tornare nuovamente indietro.

«Vinpeel...»

«Che altro c'è?»

«E se poi mi vede sul serio?»

«Che significa?»

«Se mi vede davvero, intendo. Non so se sono pronto».

«Se ti vede davvero, gli sorridi».

«E poi? Gli devo dare la mano?»

«No. Non serve. Solo se te la tende lui. Altrimenti basta che lo saluti. Lui ti risaluta, tu sorridi e torni qui».

«Ok».

Doan strisciò nuovamente in direzione di Krisheb. Ma a quel punto l'attenzione di Vinpeel fu richiamata dalla voce del Dottor Fros.

«Non le state addosso. Fatela respirare, per cortesia. Fate un passo indietro».

La folla si allargò e Vinpeel riuscì finalmente a vedere.

A terra c'era una bambina sdraiata, come se stesse dormendo. Il Dottor Fros prese a farle aria. Non c'era alcuna agitazione. Erano tutti calmi.

Poi il Dottor Fros la aiutò a tirarsi su con la schiena. E Vinpeel rimase senza fiato.

Vide prima i capelli lunghi.

Biondi.

E poi i suoi occhi.

Azzurri.

Ma non gli riuscì subito di unire le due cose. Era come se fossero distinte e il suo sguardo vagasse impazzito dai capelli agli occhi, dall'azzurro al biondo, senza cogliere l'insieme di quella figura.

Di quello fu capace solo dopo.

Quando lei sorrise.

Un sorriso a mille watt. Che mise insieme tutte le parti.

Il Dottor Fros la fece alzare e tutti tornarono verso Dinterbild, come in processione.

Vinpeel la vide allontanarsi. E sarebbe rimasto lì chissà per quanto ancora, se non fosse stato per Doan che si avvicinò sussurrando: «Vinpeel, mi vede! Mi sono avvicinato e gli ho detto "Ciao". Però sembrava che non mi avesse sentito, allora ho provato con "Buonasera signor Krisheb", ma continuava a non voltarsi. Era imbambolato a guardare non si sa dove. Me ne stavo tornando indietro quando mi fa "Visto? È una bambina". Allora mi sono avvicinato e, non sapendo cosa fare, gli ho teso la mano. Sì, lo so, avevi detto che non dovevo farlo, però mi avevi anche detto che quello mi avrebbe risalutato, e invece se ne è uscito con quella frase. Che avrei dovuto fare? Gli ho teso la mano, mi è venuto naturale, però tranquillo, lui non l'ha neanche vista. Si è alzato, mi ha fatto un cenno e… Vinpeel, ma dove sono gli altri?»

Doan si alzò da dietro il cespuglio. Si guardò attorno prima di riprendere a voce alta: «Vinpeel, qui non c'è nessuno. Se ne sono andati tutti!»

Vinpeel guardava verso Dinterbild, lì dove se n'era andata quella piccola processione notturna.

«Tu sai cosa succede se Biton rientra alla Locanba e non ti trova?»

SEI

«... il quarto invece è di ieri sera, Padre Earl. Ho detto una parola brutta. Ma giuro che mi è scappata».

Vinpeel si era presentato in Chiesa la mattina presto. La sera prima aveva fatto tardi con Doan a cercare i cinque peccati che gli servivano per avere udienza da Padre Earl. Ma nonostante i due si fossero spremuti tutto il tempo, non erano riusciti a metterne insieme più di quattro.

«Forza, concentrati meglio».

«Non mi viene in mente nient'altro, Doan. Lo giuro!»

Doan faceva le domande e Vinpeel cercava di ricostruire tutti i suoi spostamenti, alla ricerca di qualche peccato commesso.

«Allora Vinpeel, partiamo dall'inizio. Hai fatto tardi alla Locanba quando c'era il Lancio del Nano. E fa uno, giusto?»

«Sì».

«La sera stessa sei venuto con me. Abbiamo attivato il *Piano di Evacuazione Rapida* e hai lasciato Biton da solo durante la cena».

«Già».

«E siamo a due».

Doan camminava avanti e indietro sul retro della Locanba, dove Vinpeel aveva appena finito di lavorare. Teneva le mani dietro la schiena e si fermava quando aveva delle piccole illuminazioni.

«Vinpeel, ma non è che quest'ultimo, vista la gravità, può valere doppio?»

«No, Doan. Il peccato resta uno. Al massimo diventa più grave, ma non è che raddoppia. Siamo sempre fermi a due...»

«Ok ok, ci ho provato...»

Doan riprese a camminare e a pensare a voce alta.

«Allora. Il terzo è perché non sei rimasto nella Locanba quando Biton te l'ha detto, giusto?»

«Esatto».

«... continuano a mancarne due...»

Doan si fece ancora più pensieroso mentre lanciava occhiate a Vinpeel per controllare il suo impegno. Poi sbottò: «Però sforzati anche tu! Non posso mica ricordarmeli tutti io i tuoi peccati!»

«Mi sto sforzando! Ma non mi viene in mente altro!»

«Allora fai un peccato adesso».

«Non si può. Te l'ho già spiegato. Fare peccato apposta è gravissimo. Devo farlo senza accorgermene».

«Come vuoi tu, Vinpeel. Ma se non collabori non ne usciamo».

Quell'urgenza di incontrare Padre Earl, e il conseguente nervosismo che iniziava a salire, derivava dal fatto che Vinpeel voleva assolutamente avere maggiori informazioni su quello che era successo, e soprattutto su quella bambina.

«Doan».

«Sì».

«E che ne pensi se gli dicessi... ad esempio... che continuo... a vederti?» disse Vinpeel.

Doan si avventò contro l'amico.

«NON CI PROVARE VINPEEL! L'ULTIMA VOLTA CI HA CARICATI DI PREGHIERE FINO A SCOPPIARE E...»

«E VA BENE, VA BENE, NON TI AGITARE! ERA SOLO UN'IDEA, CAZZO!»

Doan lo guardò e iniziò a ridere.

«Beh, che hai da ridere adesso?»

«Direi che abbiamo trovato il quarto peccato!»

«Ma io non… sei stato tu ad alzare la voce…»

«Sì vabbé, poche storie. La parolaccia l'hai detta tu, non io. Segna quattro».

I due continuarono a cercarne un quinto, fin quando non si arresero all'evidenza: Vinpeel aveva commesso soltanto quattro peccati. Non mezzo di più.

La mattina dopo Vinpeel si avviò comunque in chiesa, deciso a rischiare. Si presentò da Padre Earl convinto che durante la confessione gli sarebbe venuto in mente qualcos'altro.

«… il quarto invece è di ieri sera, Padre Earl. Ho detto una parola brutta. Ma mi è scappata».

«Brutta quanto?»

«Tipo quelle che dice Selmer quando è ubriaco».

«E a chi l'hai detta, Vinpeel?»

«A nessuno. Ce l'avevo con me stesso».

Padre Earl ascoltava annoiato, ma sentiva che oltre alla paura dei Cavalieri dell'Apocalisse ci fosse dell'altro.

«Vai avanti, Vinpeel. Ne manca ancora uno».

«Padre Earl…»

«Sì».

«Possiamo fare una pausa?»

«Nella confessione non ci sono pause».

«Lo so ma volevo chiederle… ieri sera… di preciso… cos'è successo?»

Padre Earl annuì come quando si azzeccano le previsioni del tempo.
«Nulla di speciale. Dinterbild ha un abitante in più».
«E succede sempre così?»
«Così come?»
«Con quella luce nel cielo».
«Sì».
«Ogni quanto?»
«Dipende. È del tutto casuale. Non accadeva da parecchio».
«Tipo?»
«Tipo da quando siete arrivati tu e tuo padre».
«Siamo stati noi gli ultimi?»
«Sì».
«E da dove provengono quelle luci?»
«Da posti che, quando si arriva a Dinterbild, smettono di esistere».
Vinpeel rimase a pensare. Dalla pancia però una domanda continuava a salirgli in gola, facendolo arrossire.
«Padre Earl?»
«Sì».
«E chi è arrivato?»
Padre Earl sorrise.
«L'hai vista anche tu?»
«Sì».
«E scommetto che vuoi sapere il suo nome?»
«Beh… perché no?» fece Vinpeel, simulando scarso interesse.
«Si chiama Mune».
«Mune» ripeté Vinpeel sottovoce.
Quel nome gli risuonò dentro. *Mune.* E vide di nuovo quei capelli biondi e quegli occhi azzurri, e li unì in un'unica cosa

quando pensò al suo sorriso, il sorriso di Mune, che stringeva a sé tutto il resto come un nodo.

«Ora che abbiamo soddisfatto le tue curiosità possiamo andare avanti con la confessione?»

«Certo ma... un'ultima cosa. Questa Mune, dove è stata portata?»

«Perché?»

«Così. Per sapere».

«Da quella lì».

Per *quella lì* Padre Earl intendeva Lady Sawen, la donna più bella di Dinterbild nonostante l'età non più giovanissima. "Una roba da staccarti il fiato" dicevano alla Locanba i fortunati che la incontravano.

Tutti gli uomini di Dinterbild, coniugati o meno, avevano provato almeno una volta ad avvicinarla, ma Lady Sawen si era sempre negata. Passava la maggior parte del tempo chiusa in casa, senza vedere nessuno. Padre Earl la chiamava "quella lì" perché scatenava strani pensieri negli uomini, e persino pronunciarne il nome poteva essere pericoloso. Ogni notte a Dinterbild almeno un uomo pensava a lei così intensamente da non riuscire a dormire.

L'unico momento in cui era possibile vedere Lady Sawen, era quando stendeva i panni nella veranda dietro casa. Quando accadeva, lì intorno ci trovavi sempre qualcuno che cercava di spiarla al di là del vetro. Una volta anche Vinpeel e Doan ci andarono, e rimasero tanto colpiti da quelle forme così abbondanti e magnifiche che per una settimana non videro altro che enormi seni in ogni nuvola che passava.

«Ora possiamo procedere?» continuò Padre Earl.

«Ehm... sì certo».

«Manca l'ultimo peccato».

«Già».

«Quindi?»

Vinpeel si grattò la testa.

«Temo sia il fatto che avevo quattro peccati».

«Come dici?»

«Temo che il quinto sia il fatto che pur avendo solo quattro peccati, sono venuto lo stesso» disse Vinpeel a bassa voce.

«Come sarebbe a dire? Avevamo un patto!»

«Lo so, ma che patto sarebbe?»

«Ma se l'hai proposto tu!»

«Ma per lei è meglio che faccio quattro peccati o cinque?»

Se c'era una cosa che faceva imbestialire Padre Earl era dover dare spiegazioni.

«Cosa c'entra. Per me è meglio che impari a rispettare i patti!»

«Appunto! C'eravamo accordati per cinque peccati. E io cinque gliene ho portati!»

Se c'era una cosa che faceva imbestialire Padre Earl più del dover dare spiegazioni, era la logica stringente di Vinpeel.

SETTE

Quando il signor Biton iniziò a preparare le porzioni, rimase stupito dalla strana proposta di Vinpeel, «Signor Biton, per farmi perdonare, oggi il giro lo faccio io». In primo luogo perché Vinpeel si era sempre rifiutato di andare casa per casa a consegnare gli ordini, in secondo luogo perché non sapeva cosa avesse Vinpeel da farsi perdonare.

«Perché? Cos'hai combinato?»

«Niente».

«E allora farti perdonare per cosa?»

«In generale. Per i ritardi... per tutte le volte che l'ho fatta arrabbiare».

Il signor Biton squadrò Vinpeel dall'alto verso il basso. Trovava la faccenda alquanto sospetta. L'idea di delegare la consegna degli ordini, però, fu un'ottima argomentazione per non farlo indagare oltre.

A Dinterbild le strade erano di terra battuta e il transito di qualsiasi mezzo con ruote risultava difficoltoso. Per ovviare al problema, le consegne venivano fatte con un vassoio alla volta, casa per casa, il che equivaleva a fare almeno dieci volte avanti e indietro dalla Locanba, in base al numero di ordini ricevuti.

Biton ci aveva provato a munirsi di un carretto per fare un unico giro, ma tutti i clienti si erano rifiutati di pagarlo adducendo sempre la stessa motivazione: "È un bel piatto, Biton. Si presenta anche bene. Solo che manca la zuppa!". Quella, nel dondolio, cadeva poco alla volta, facendo la gioia di Dorothy che seguiva le operazioni di trasporto da vicino.

«E va bene Vinpeel. Ma fai attenzione con i resti».

«Non si preoccupi signor Biton. Starò attentissimo!»

A pranzo nessuno metteva piede nella Locanba, gli habitué perché ancora dovevano riprendersi dalla sbronza della notte precedente, i non-habitué perché "mai e poi mai metterei piede in un posto così!". E così il signor Biton si era inventato quella faccenda delle consegne a domicilio. Le stesse che, per quel giorno, cominciò ad elencare ad un Vinpeel stranamente eccitato.

«Una zuppa Biton per il Dottor Fros; due zuppe Biton per il giudice Morel; una zuppa Biton per Del...»

Per quanto la zuppa Biton fosse l'unico piatto che usciva dalla cucina della Locanba, aveva la peculiarità di non essere mai uguale a se stessa. E non tanto per la fantasia dello chef, ma per la sua incapacità di replicare due volte lo stesso sapore, pur utilizzando sempre la stessa ricetta, con le medesime dosi e i medesimi tempi di cottura.

«... due zuppe per i coniugi Alton; una zuppa per Selmer...»

Il signor Biton aveva provato più volte a capirne il motivo, ma alla fine era stato costretto ad arrendersi e a spacciare la zuppa Biton come una sorta di zuppa fantasia. "Una sorpresa continua per il palato dei miei clienti" amava ripetere quando gli chiedevano come riuscisse ad inventarne una nuova ogni giorno.

«... e due zuppe per Lady Sawen».

L'eccitazione di Vinpeel ebbe un'impennata. Se le zuppe da consegnare a Lady Sawen erano due, allora Mune era veramente da lei.

«Mi raccomando, Vinpeel. Chiamala almeno tre volte, sennò quella non esce».

Vinpeel prese il primo vassoio e si avviò di corsa verso l'uscita.

«Vai piano, che rovesci tutto!»

«Non si preoccupi signor Biton, starò attentissimo!»

OTTO

«Lady Sawen! Lady Sawen! C'è la zuppa!»

Vinpeel aveva fatto il giro delle consegne alla velocità della luce. Il Dottor Fros, il Giudice Morel, Del, gli Alton, Selmer... tutti erano rimasti stupiti per la rapidità del servizio. Non erano riusciti neanche a dire "Grazie" che Vinpeel aveva risposto, già in fondo alla via, con un "Pregooo" appena percettibile.

«Lady Sawen! Lady Sawen! La zuppa Biton!»

Lady Sawen andava sempre chiamata almeno tre volte. Era un vezzo che si portava dietro dai tempi in cui si esibiva come cantante.

"Le vere dive, mia cara, si fanno chiamare almeno tre volte".

Così le aveva detto, una sera di chissà quanti anni prima, Lady Heléna, mito indiscusso di Lady Sawen da cui aveva ereditato (diceva lei) o rubato (dicevano altri) il prefisso di *Lady*.

L'aveva aspettata fuori da un ristorante un'intera serata per farle un'unica domanda, da cui aveva avuto in cambio una risposta che, pur non entrandoci nulla, le aveva cambiato la vita.

La domanda era stata semplicemente «Lady Heléna, posso chiederle l'autografo?»

Domanda che Lady Heléna snobbò non una ma ben due volte, nonostante fuori dal ristorante ci fossero solo loro. Allora Lady Sawen, al terzo tentativo, aveva cambiato approccio e aveva urlato stizzita: «Ma insomma! Ci sente o no?»

Soltanto allora Lady Heléna aveva risposto «Le vere dive, mia cara, si fanno chiamare almeno tre volte», cambiando per sempre il destino di Lady Sawen.

Fu quella sera che la donna decise di emulare il suo mito e diventare cantante.

Il giorno dopo si iscrisse a un concorso canoro per esordienti nel suo villaggio, che si sarebbe tenuto da lì a due mesi, ma il primo esperimento fu piuttosto fallimentare.

Il presentatore della serata, dopo aver annunciato il suo nome per ben due volte, aveva invitato la concorrente successiva. Finita la premiazione, tutti l'avevano guardata con un misto di pena e di pietà, pensando che non fosse salita sul palco per una crisi di panico. Lei, dal canto suo, li aveva guardati con la stessa pena e pietà, pensando che nessuno di loro aveva avuto il privilegio di ricevere un consiglio da Lady Heléna in persona. "Villani" sussurrò mentre andava via.

I concorsi si ripeterono senza mai andare oltre le *due* chiamate, e così si ripeterono le squalifiche e gli imbarazzi.

E quando nel giro si era ormai fatta la fama di "fifona" o di "troppo emotiva per cantare", un gruppo di giurati le diede il massimo dei voti per uno dei premi canori più prestigiosi, nonostante non si fosse esibita neanche in quel frangente. Lo avevano fatto per protestare contro lo scarso livello del concorso che erano stati invitati a presiedere.

Quello fu il suo trampolino di lancio. L'importanza del premio e il modo in cui le era stato conferito, le diedero la popolarità necessaria per iniziare a calcare i teatri più importanti della zona. A condizione, ovviamente, di essere chiamata tre volte prima di uscire in scena.

«Lady Sawen! Così si raffredda!»

Vinpeel la vide aprire la porta, puntuale come un orologio, al terzo tentativo. Lady Sawen gli fece cenno di entrare. Vinpeel per un attimo vacillò, scorgendo sotto i vestiti la sua figura generosa.

«Zuppe Biton! Le migliori di…»

«Dinterbild, lo sappiamo. Le puoi posare lì» disse Lady Sawen indicando il tavolo al centro della stanza.

Vinpeel eseguì l'ordine. Poi si voltò a guardarla, ancora ferma sull'uscio di casa.

«Beh, che c'è da guardare?»

«Lady Sawen, le posso fare una domanda?»

Lady Sawen fece un'espressione annoiata ma compiaciuta al contempo, la stessa che riservava ai giornalisti quando provavano ad intervistarla o agli spasimanti quando tentavano di attirare la sua attenzione.

«Sentiamo».

«Come sta Mune?»

Lady Sawen chiuse la porta e si avvicinò a Vinpeel.

«Non parla».

«È muta?»

«No».

«Quindi?»

«Non vuole parlare. Secondo il Dottor Fros è molto spaventata».

«Da cosa?»

«Da tutto, parrebbe».

Vinpeel fissò le zuppe che fumavano sul tavolo. Poi intercettò lo sguardo di Lady Sawen al di là del vapore che saliva al soffitto.

«Gliela vuoi portare tu? Magari con te parla» disse Lady Sawen.

NOVE

Vinpeel salì le scale lentamente.

Si fermò per un momento di fronte alla porta accostata. Vide i capelli biondi di Mune che invadevano il cuscino. Era stesa sul letto e guardava fuori dalla finestra.

Quando posò il vassoio sul comodino, lei non si girò neppure.

Vinpeel si sedette in quel silenzio muovendosi piano. Iniziò a guardarsi intorno come a voler spostare l'aria per far avvertire la sua presenza, ma Mune continuò a non voltarsi. Allora prese coraggio e indugiò sui suoi capelli, sulla schiena. All'inizio furtivo, con pudore, come se avesse paura di essere scoperto, poi con maggiore sicurezza, fin quando il suo sguardo non si incastrò completamente nell'immagine di Mune e cominciò a seguirne il contorno…

… piano…

… i capelli…
… le spalle…
… il braccio disteso…
… la mano…
… le dita…
… le unghie…
… poi più giù…

... la gamba...
... il ginocchio...
... fino ai piedi...

... per poi tornare su...

... e ricominciare da capo...

... piano...

... i capelli... E fu mentre accarezzava con gli occhi il profilo *... le spalle...* di Mune che capì finalmente a cosa serviva il *... il braccio...* silenzio. Se l'era chiesto spesso, perché a lui *... la mano...* aveva sempre fatto paura. Il silenzio infatti *... le dita...* è notte. È solitudine. Ma è soprattutto suo *... le unghie...* padre, chiuso nel suo studio tra conchiglie *... poi più giù...* da ascoltare, bottiglie da riempire e *... la gamba...* chissà quali sogni da dimenticare. È una *... il ginocchio...* cosa che esclude, il silenzio, che allontana *... fino ai piedi...*

... per poi tornare su...

... e ricominciare da capo...

... piano...

... i capelli... tanto che Vinpeel si chiedeva spesso a chi *... le spalle...* fosse venuta in mente una cosa del genere, *... il braccio...* perché se non ci stai attento nel silenzio ti *... la mano...* ci puoi perdere, soprattutto

nel tuo, di silenzio, ... *le dita...* perché ognuno ce l'ha dentro, il suo silenzio, ... *le unghie...* e ha imparato a parlarci sopra pur di ... *poi più giù...* non sentirlo. Anzi forse l'uomo pronunciò ... *la gamba...* la prima parola proprio per sotterrarselo ... *il ginocchio...* dentro, quel silenzio, per non impazzire ... *fino ai piedi...*

... *per poi tornare su...*

... *e ricominciare da capo...*

... *piano...*

In quel momento, mentre accarezzava con gli occhi il profilo di Mune, tutti quei pensieri svanirono, e gli fu finalmente chiaro il motivo per cui qualcuno – chissà quando e chissà dove – si era preso la briga di inventare una cosa come il silenzio. L'aveva fatto per permettergli di sentire il respiro di Mune, che andava su e giù, come se portasse il ritmo al mondo intero, su e giù, come le onde del mare.

Vinpeel continuò a guardare Mune ipnotizzato, alla ricerca di qualcosa da dire che potesse colpirla. Ci pensò tanto e poi disse semplicemente: «Ciao Mune».

Il silenzio si incrinò, ma Mune continuò a restare zitta, senza neanche voltarsi. Vinpeel sentì le orecchie avvampare, il fiato farsi corto. Poi Mune si grattò una spalla e Vinpeel prese quel gesto come un incoraggiamento.

«Io mi chiamo Vinpeel. Tu?»

Mune finalmente decise di incrinare a sua volta il silenzio. Ma dalla sua bocca non uscì né un "Ciao" né un "Piacere Mune", come c'era da aspettarsi, ma una risata divertita e soffocata a stento. A Vinpeel le orecchie da calde divennero incandescenti. Vi premette sopra le mani cercando di spegnere l'incendio con il fresco dei palmi, «Sì scusami… ti chiami Mune… lo so…»

Rimase per un po' in ascolto, nella speranza che Mune dicesse qualcosa. Poi si arrese all'evidenza.

«Non vuoi proprio parlare?»

Mune scosse la testa.

«Beh, allora parlo io. Visto che sei nuova, ero venuto a raccontarti un po' di Dinterbild…»

#2

ATLANTIDE

L'auto-nominatosi *esploratore* norvegese Elvind Olsen era cresciuto sin da ragazzo con il mito di Heinrich Schliemann, l'archeologo amatoriale che contro tutto e tutti era riuscito nell'impresa di scoprire l'antica Troia.

Elvind si era appassionato a Schliemann perché in lui aveva riconosciuto la sua stessa testardaggine.

Sua moglie Ingrid, invece, la paragonava piuttosto a quella di un mulo.

Per essere più precisi la paragonava al mulo che aveva appena venduto all'asta per pagare i debiti di "quell'incapace di mio marito", come amò chiamarlo durante tutto il processo.

Ma questo accadde soltanto molto tempo dopo.

Molti anni prima era stata proprio Ingrid, sua futura sposa, a spronare Elvind nell'impresa.

Si era innamorata di lui per i sogni che custodiva in quella testa dura, e per quella fede incrollabile che lo portò infine alla rovina.

Già dal loro primo incontro per le vie di Oslo, lui le raccontò di come Heinrich Schliemann avesse deciso di cimentarsi in quell'assurda avventura. La storia che Elvind avrebbe raccontato un miliardo di volte durante la sua esistenza diceva che "... da ragazzo, a Fürstenberg, Schliemann venne colpito dalla bellezza del suono di alcuni versi in greco recitati di notte da un ubriaco. Per intenderci, il giovane Schliemann non conosceva affatto il greco, eppure qualcosa in quel suono gli mosse chissà quale leva dentro, e decise di spendere gli ultimi centesimi che aveva per pagare da bere all'uomo purché ripetesse ancora quei versi. Solo in seguito scoprì che si trattava di versi tratti dall'Iliade e dall'Odissea.

Schliemann prese tutta la faccenda come qualcosa che avesse a che fare con il destino e si mise in testa che avrebbe scoperto Troia.

Senza arte né parte partì per l'Anatolia e riuscì dove i migliori archeologi di ogni tempo e parte del mondo avevano fallito".

Elvind, in genere, ripeteva quest'ultima frase con tono pomposo, vibrante, assaporando quel successo come se fosse stato il suo.

Soltanto Ingrid aveva iniziato a dare segni di insofferenza e nervosismo verso il racconto, ma anche questo accadde molto tempo più in là, e precisamente quando Elvind cominciò a usare la storiella di Schliemann per tranquillizzare i proprietari delle escavatrici che non riusciva più a pagare.

Anche a Elvind Olsen sarebbe piaciuto scoprire Troia, ma siccome era già stata scoperta, aveva deciso di alzare il tiro e di tentare l'impresa dove persino Schliemann aveva fallito: trovare Atlantide.

La vita dell'esploratore, però, costa parecchio.

Elvind era costretto a passare undici mesi all'anno come impiegato nella Norges Bank di Oslo e i restanti trenta giorni in giro per il mondo a cercare Atlantide, dando così fondo a quanto messo da parte nei mesi precedenti.

Ingrid veniva trascinata in questi giri avventurosi – tra zanzare e bestie feroci – pur preferendo soggiornare in luoghi assolati e rilassanti. Ma nemmeno ci pensava a far cambiare idea a quel testone del marito, cosa che giudicava impossibile almeno quanto scoprire Atlantide.

La loro vita scorreva tranquilla tra giornate ordinarie e viaggi selvaggi fino a quando, durante l'esplorazione del Polo Nord, l'attenzione di Elvind fu catturata da qualcosa che emergeva dal ghiaccio. L'oggetto misterioso si rivelò essere una gamba di legno risalente a "un'epoca remota".

L'esploratore guardò la moglie con una luce nuova negli occhi e disse semplicemente: «Ecco, ci siamo".

«Siamo dove?» rispose lei perplessa.

«All'appuntamento con il destino».

«Da allora non fu più lui» raccontò Ingrid ai giudici, tempo dopo.

Rientrati ad Oslo, Ingrid ebbe il divieto assoluto di parlare della scoperta, mentre Elvind trascorreva ore e ore chiuso nel suo studio a trovare il modo per finanziare gli scavi.

Neanche quindici giorni e aveva organizzato una nuova spedizione, con tanto di operai e attrezzature spacca ghiaccio. Ingrid provò a chiedere dove avesse trovato i soldi, ma Elvind rispose in modo evasivo accennando a un fantomatico e improvviso finanziamento.

Quando Ingrid chiese qualche dettaglio in più, lui ricominciò con la storia di Heinrich Schliemann e allora lei decise di non insistere. Ufficialmente "per non morire di noia" o, almeno, così disse al giudice.

I lavori andarono avanti per un mese e, dopo dieci metri di scavi, nulla ancora era stato trovato. Elvind intanto si era licenziato per seguire da vicino le operazioni. Di fronte alle proteste di Ingrid, le sue testuali parole erano state: "Cosa se ne dovrebbe fare lo scopritore di Atlantide di un volgare posto in Banca?"

Col passare dei giorni divenne sempre più paranoico. Temeva che gli operai potessero nascondergli qualcosa, anche se da lì continuavano a tirar fuori solo ghiaccio e bestemmie.

Così decise di fissare il 20 settembre come data ultima per la scoperta di Atlantide, instaurando un clima di terrore in tutta la squadra.

«Quella data lo angustiava» raccontò la moglie ai giudici, «e non si riusciva a capire il perché».

Dopo due mesi, i metri scavati diventarono quindici. Al terzo, arrivarono a venti metri, e al quarto, quando si scese soltanto a ventitré, a causa dei ritardi nei pagamenti agli operai, non era stato trovato ancora niente di significativo. Alla fine arrivò settembre e fu il mese più terribile.

Ingrid faticò a raccontarlo alla Corte per la vergogna.

«Elvind sembrava impazzito, come un animale in trappola».

Soltanto il 20 settembre Ingrid capì cosa fosse successo, e lo apprese dai giornali: la Norges Bank di Oslo rischiava il fallimento. Un ex dipendente aveva creato un ammanco di svariate corone, facendo rischiare il default a tutta la Norvegia.

Il 20 settembre, ora lo sapeva, era il giorno di chiusura dei bilanci.

Anche di fronte ai giudici, Elvind, cocciuto come Heinrich Schliemann (o come un mulo), non si scompose, convinto che proprio lì, pochi metri più in basso, giacesse Atlantide.

«Prova ne è questa gamba che il destino, Dio, o chissà quale arcaica divinità, ha posto sui miei passi» così disse, prima di concludere con il solito racconto sulla scoperta di Troia che, a onor del vero, colpì molto la Giuria ma non bastò a evitargli l'ergastolo.

Fu in carcere che Elvind decise di farla finita, non prima però di aver scritto a Ingrid un'ultima, appassionata lettera di addio. In realtà la missiva non si distaccava molto dal racconto su Schliemann se non per l'aggiunta di qualche frase di circostanza relativa al loro amore.

I pochi beni rimasti a Ingrid furono pignorati per pagare i creditori. E se persino il vero mulo di casa Olsen non ebbe difficoltà a trovare un compratore, l'asta per la gamba di legno andò totalmente deserta.

Restituita come da regolamento alla legittima proprietaria, Ingrid non perse un attimo per disfarsene. Prese una cartina e scelse il posto più lontano sulla faccia della terra. La spedì in Patagonia, maledicendo con tutte le sue forze la gamba, Elvind, Schliemann, Troia e tutti gli ubriachi di Fürstenberg che si divertono a recitare versi di Omero.

Ingrid morì di lì a pochi anni, in assoluta povertà. E fu meglio così visto che pochi mesi dopo, nel sito individuato dal marito, qualcuno la sua Atlantide la trovò veramente. Bastò una sola picconata al futuro miliardario Olaf Hansen – professione geologo squattrinato – per trovare casualmente il più vasto giacimento petrolifero dei Mari del Nord.

Fu definito dai giornali *Il colpo di fortuna del secolo!,* giacché Olaf, scivolando sul ghiaccio, si trovò a dare, senza volerlo, la picconata proprio in quel punto.

PARTE TERZA

UNO

«E quindi le hai raccontato di me?»

«Sì».

Doan si voltò verso Vinpeel. Erano lì per fare il punto della situazione. Non avevano ancora trovato il modo per raggiungere l'Altrove e dovevano raccogliere informazioni su Krisheb. Vinpeel però continuava a parlare dell'incontro con Mune e di cosa si erano detti. O meglio, che Vinpeel le aveva detto.

«E perché?» fece Doan.

«Perché no?»

«Come perché no! E se lo dice a Lady Sawen, o peggio a Padre Earl?»

«Ma se ti ho detto che non parla».

«Va bene, ma mica è muta. La lingua ce l'ha, no? Potrà parlare!»

Vinpeel scosse le spalle.

«Scusami Doan. Non sapevo cosa dire e mi sei venuto in mente tu».

«Mica dovevi parlare per forza. Potevi lasciare la zuppa e andartene».

«Io… non ho resistito…»

«Non hai resistito».

«No. Non ho resistito».

«E se poi non mi vede neanche lei?»

La domanda rimase sospesa nell'aria, prendendo Vinpeel alla sprovvista.

«Ti prenderà per pazzo. Ci avevi pensato?»

«No, non ci avevo pensato».

«Ti chiamerà *Vinpeel il pazzo* oppure *Vinpeel il visionario* o chissà come...»

Doan si alzò e iniziò a camminare nervosamente sul prato avanti e indietro.

«E cos'altro le hai detto?»

«Niente di che... le ho raccontato di noi, di quello che facciamo».

«E cioè?»

«Niente di che... te l'ho detto... di come passiamo le giornate».

«Non le hai mica detto delle nuvole, vero?»

«Beh... io...»

«Le hai detto delle nuvole?»

«Può darsi che mi sia scappato...»

«Ti è scappato o no?»

«Temo di sì...»

Doan tornò a sedersi sul prato, sbuffando, con lo sguardo rivolto verso l'orizzonte. Vinpeel riprese a parlare.

«Tranquillo Doan, non ci sarà alcun pericolo per le nostre ricerche».

«E tu che ne sai? Non si è neanche voltata a guardarti. Mica la conosci».

«Lo sento. Ci possiamo fidare».

«Ho sentito bene? Hai detto "lo sento"?»

«Sì».

«Urca! Ora sì che sono tranquillo».

«Vedrai. Ti piacerà».

«Sempre ammesso che mi veda...»

Vinpeel si avvicinò a Doan e, come l'amico, si mise a guardare l'orizzonte.

«Sai Doan, è la prima volta che mi capita di incontrare qualcosa di così magnetico».

«Magnetico?»

«Magnetico, sì».

«Non è il momento per le cose magnetiche. Abbiamo una missione segreta. Sempre che non ti sia fatto scappare anche questo».

«Ti riferisci all'Altrove?»

«Esatto».

«Non ho detto nulla».

Per un po' non dissero altro. Guardavano la vastità che avevano di fronte, vicini eppure lontanissimi. Il silenzio, per Vinpeel, era tornato ad essere quello che era sempre stato: un enorme spazio di solitudine da cui uscire al più presto, per non smarrire la via del ritorno.

«Su Krisheb? Scoperto qualcosa?»

«No. Ma confermo che mi vede, come se fosse una cosa normale».

«Ti sei fatto qualche idea?»

«Che non è affatto pericoloso come dicono. Vinpeel?»

«Dimmi».

«Che intendevi per magnetico?»

«Hai presente quando hai difficoltà a staccare gli occhi da qualcosa?»

Doan ci rifletté prima di rispondere.

«Tipo dalle tette di Lady Sawen?»

«Una cosa del genere. Ma più magnetico».

«Tipo dalle tette di Lady Sawen quando è scollata?»

«Non ancora, però sì, una cosa del genere».
«E quindi?»
«Ecco. Il sorriso di Mune fa lo stesso effetto».
Doan fissava il vuoto, cercando inutilmente di mischiare in un'unica immagine il sorriso di Mune e le tette di Lady Sawen. Poi scrollò la testa.
«Non mi era mai successa una cosa del genere, Doan. Ma quando è arrivata come una fionda, a me è parso che il tempo si fermasse...»
«Che hai detto?»
«Perché? Cosa ho fatto di sbagliato adesso?»
«Forza! Ripeti!»
«Ho detto "a me è parso che il tempo si fermasse", ma perché me lo...»
«No! Prima!»
«Prima? Beh ho detto "Quando è arrivata come una fionda"».
«Esatto!»
«Esatto cosa?»
«Seguimi!»
Doan si alzò di scatto, lasciando Vinpeel perplesso.
«Ma Doan, ti stavo confidando una cosa...»
«Seguimi, mi racconti mentre andiamo!»

DUE

Quando la mattina dopo Vinpeel si svegliò, non ci mise molto a collegare le urla che venivano da fuori con quanto successo la sera prima.

«Sono fritto» fu la prima cosa che disse spalancando l'occhio destro.

«Sono fritto» fu la seconda cosa che disse spalancando l'occhio sinistro.

«Sono fritto» fu la terza cosa che disse appena riuscì a spalancarli insieme.

E se lo continuò a ripetere lungo tutta la strada che da casa sua portava alla piazza di Dinterbild. Soltanto allora, vedendo che si erano radunati tutti, optò per una leggera variazione: «Sono davvero fritto».

Aveva dormito male perché nelle orecchie gli era continuato a rimbombare il boato della notte trascorsa. Di sicuro il rumore aveva svegliato tutta Dinterbild e fatto precipitare in un attimo la situazione.

Fu quando superò le persone asserragliate che capì la portata del disastro.

«Perché? Perché? Come è potuto accadere?» si chiedeva la voce che urlava.

La risposta che Vinpeel si diede fu la stessa che si era dato la notte prima mentre tornava a casa solo e sconsolato.

Fionda.

Cavia.

Esseri umani.

Detta così poteva sembrare senza senso ma, a ben vedere, quelle quattro parole erano la miccia che aveva innescato la catastrofe.

Gli erano uscite di bocca innocentemente, in mezzo a un mare di altre parole, eppure chissà perché proprio quelle, e non altre, si erano andate a conficcare nella testa di Doan.

Il giorno prima, sentendo la parola *fionda*, Doan era stato colto da un'improvvisa eccitazione. Aveva trascinato Vinpeel in cima alla collina per scegliere i due alberi più adatti e lì, nel giro di poche ore, aveva approntato il necessario. Poi aveva coinvolto l'amico in una verifica generale.

«Vento?»

«Stabile».

«Direzione?»

«Allineata».

«Elastici?»

«In trazione».

«Tempo stimato per il trasferimento?»

«Quindici secondi circa».

«Posizione dell'Altrove?»

«Invariata».

A quel punto Doan aveva inspirato fiero riempiendosi i polmoni dell'aria serale appena scesa. Poi aveva fatto il grande annuncio: «Siamo pronti Vinpeel! Puoi salire a bordo per il lancio inaugurale!»

«COSA?»

Vinpeel aveva fatto un passo indietro. Doan l'aveva guardato contrariato.

«Beh, che c'è?»

«Tu sei matto».

«Perché?»

«Io lì sopra non ci salgo».

«Ma abbiamo finito ora di controllare. È tutto a posto».

«A posto un corno. Perché dovrei salirci io?»

«Perché io devo prendere appunti su come reagisce la fionda».

«E non posso farlo io?»

«La fionda l'ho progettata io».

«Non se ne parla, Doan».

«Ma come facciamo senza lancio inaugurale?»

«Non si tratta di un lancio inaugurale. È un collaudo…»

«Diciamo che è una cosa a metà».

«Allora diciamo che io nella tua cosa a metà non farò da cavia».

Vinpeel si era stretto le braccia al petto a dire che per lui la conversazione finiva là. Non poteva sapere, in quel momento, che la conversazione non solo non era affatto chiusa ma che, anzi, quella parola – *cavia* – sarebbe stato motivo di pentimento di lì a poche ore.

Doan lo aveva guardato masticando la parola come fosse un confetto.

«Hai ragione, ci serve una cavia!» proruppe sfregandosi le mani. «Tu sai com'è fatta una cavia?»

«Beh… in verità… l'ho detto ma…»

«Una cavia è simile a ciò che si vuole preservare. E chi vogliamo preservare noi?»

«Non saprei…»

«Te, Vinpeel! Vogliamo preservare te!»

«Veramente voglio preservarmi da solo… tu mi stavi lanciando senza problemi nel…»

«Bazzecole. Quindi la cavia deve essere il più possibile uguale a te. Ma uguale in cosa?»

«Non so..»

«Peso e altezza, Vinpeel! Peso e altezza! Sono quelli i dati che ci interessano, giusto?»

«Penso… penso di sì…»

«E chi c'è di simile a te?»

Vinpeel si era guardato intorno spaesato. Poi aveva fissato Doan e detto esitante: «Tu?»

«Non dire sciocchezze! Ti ho già detto che devo prendere appunti su come reagisce la fionda».

«E allora chi?»

«Mune!»

Vinpeel aveva respirato a fondo sforzandosi di mantenere la calma.

«Vediamo se ho capito bene. Vorresti lanciare Mune con la fionda nel vuoto?»

«Non nel vuoto. Verso l'Altrove!»

«Ok, mi correggo. Vorresti lanciare Mune con la fionda verso l'Altrove?»

«Esatto!»

Vinpeel si grattò sotto l'occhio destro mentre Doan continuava ad esporre tutti i vantaggi della sua idea: «… è su per giù alta come noi… bene o male con il peso ci siamo… come cavia è perfetta!»

Quando Doan terminò, Vinpeel smise di grattarsi ed espose il suo articolatissimo pensiero al riguardo: «No».

«In che senso?»

«Nel senso che è *no*. Non se ne parla, Doan».

«E allora fatti venire un'idea tu!»
Vinpeel ci rifletté un momento, poi azzardò, timidamente.
«E se lanciassimo il Dottor Fros? A quest'ora sarà già ubriaco».
«Troppo grasso».
«Tick?»
«Troppo alto».
«Il signor Alton?»
«Troppo magro».
«Del?»
«Troppo sobrio. Se ne accorgerebbe».
«E allora, amen. Se i sobri non vanno bene e gli ubriachi neppure, mi sa che te la devi provare da solo la tua fionda. Sono finiti tutti gli esseri umani di Dinterbild!»

Quella mattina, nella piazza di Dinterbild, mentre si consumava la tragedia, a Vinpeel continuava a tornargli in mente la formula che aveva innescato il tutto, *fionda, cavia,* e ora quella che mancava, *esseri umani,* la stessa che aveva messo nuovamente in moto il cervello di Doan.

«Vinpeel, sei un genio!»
«Io?»
«Sì. Faremo inaugurare la fionda a un non-essere umano!»
«Non ti seguo».
Doan gli si era accostato raggiante, poi gli aveva sussurrato nell'orecchio: «Do-ro-thy…»
Vinpeel si era voltato a guardarlo e Doan aveva un sorriso enorme stampato sul viso.
«Ehm… hai detto Dorothy?»
«Do-ro-thy…» aveva sussurrato di nuovo Doan.
«A me non sembra una buona idea».

«Esatto. Perché non è buona. È un'ottima idea!»

Doan si avviò di gran passo verso la Locanba e a Vinpeel non rimase altro che seguirlo nel buio della sera.

Una volta tornati sulla collina con Dorothy al seguito, Doan le assicurò una torcia sulla groppa. «È per vederla scintillare nella notte, e prendere appunti!» comunicò raggiante a Vinpeel.

La presero in braccio, la posero al centro della fionda e iniziarono tirare, camminando all'indietro per tendere la molla il più possibile.

Doan sorrideva.

Vinpeel un po' meno.

«Vento?»

«Stabile».

«Direzione?»

«Allineata».

«Elastici?»

«In trazione».

«Tempo stimato per il trasferimento?»

«Quindici secondi circa. Forse diciotto. Biton l'ha fatta mangiare. È a pancia piena».

«Posizione dell'Altrove?»

«Invariata».

«Allora ci siamo!»

Doan fissò Vinpeel sorridendo. Poi gli strizzò l'occhio bisbigliando «Fidati».

I due lasciarono la presa contemporaneamente. Dorothy schizzò via. Come un lampo. *Diciotto. Diciassette. Sedici.* Vinpeel sentì soltanto il colpo di una frusta. Poi si girò intorno, spaesato, senza sapere dove guardare. Doan gli prese un braccio e iniziò a saltellare su se stesso.

«Guarda Vinpeel, guarda!» continuava a ripetere eccitato indicando la notte. *Quindici. Quattordici. Tredici.* Vinpeel strizzò gli occhi in direzione del dito di Doan fino a scorgere Dorothy. Il maiale del signor Biton era un puntino che brillava in alto nel cielo.

«La traiettoria è perfetta» diceva Doan, continuando il conto alla rovescia. *Dodici. Undici. Dieci.* C'era quello schizzo di luce nel cielo e sotto, perfettamente allineate, le luci dell'Altrove che si specchiavano nell'acqua del mare. *Nove. Otto. Sette.* Vinpeel guardava estasiato e pensava che stavolta l'amico aveva avuto ragione. Ecco il modo per superare il mare e raggiungere l'Altrove. *Sei. Cinque. Quat…*

Ma il conto alla rovescia di Doan si inceppò. Il puntino di luce, inspiegabilmente, aveva arrestato la sua corsa. Per un attimo sembrò che stesse in equilibrio nel vuoto.

Come sospeso.

A galleggiare.

Neanche fosse una stella.

Poi il puntino iniziò a cadere, in picchiata. E un boato terribile scosse la valle, fino a farla tremare.

In molti a Dinterbild dissero che un rumore terrificante li aveva svegliati in piena notte, ma nessuno avrebbe mai potuto immaginare che si trattava del grugnito potentissimo e disperato di Dorothy.

Vinpeel e Doan erano rimasti paralizzati, mentre la luce cadeva giù, inesorabile, trascinandosi dietro ogni loro speranza.

Poi il grugnito si azzittì.

Inghiottito dall'acqua del mare.

E la luce della torcia si spense.

Negli abissi.

Vinpeel a quel punto teneva la testa bassa, si guardava i piedi. Disse soltanto: «Hai… hai preso gli appunti che ti servivano?»

«Sì… a occhio e croce direi che… la fionda va potenziata un pochino».

TRE

“Che succede? / *Che succede? / Che succede? / Che succede? / Hanno rapito Dorothy / Hanno rapito Dorothy / Hanno rapito Dorothy* / Hanno rapito Dorothy / E chi sta urlando? / *E chi sta urlando? / E chi sta urlando? / E chi sta urlando? / Il signor Biton / Il signor Biton / Il signor Biton* / Il signor Biton”.

Gli ultimi arrivati, attirati dalle urla, chiedevano informazioni a chi era nella fila davanti, che a loro volta chiedevano a chi stava più avanti, fino ad arrivare alla prima fila, che rimandava indietro le informazioni.

“E chi è stato? / *E chi è stato? / E chi è stato? / E chi è stato? / Non si sa / Non si sa / Non si sa* / Non si sa / Qualche indizio? / *Qualche indizio? / Qualche indizio? / Qualche indizio? / Al momento nulla / Al momento nulla / Al momento nulla* / Al momento nulla”.

A Vinpeel si gelò il sangue. Non aveva mai visto il signor Biton così infuriato, neanche di fronte alle battute sull’insegna della Locanba. Si fece largo a piccoli passi tra la folla, attento a non incrociare il suo sguardo. Stavolta non sarebbe stato in grado di reggerlo.

Quando stava per raggiungere la prima fila, udì un coro di spavento e un tonfo.

"Che c'è? / *Che c'è? / Che c'è? / Che c'è? / Biton è svenuto / Biton è svenuto / Biton è svenuto* / Biton è svenuto / E ora? / *E ora? / E ora? / E ora? / Il Dottor Fros lo sta portando nella Locanba / Il Dottor Fros lo sta portando nella Locanba / Il Dottor Fros lo sta portando nella Locanba* / Il Dottor Fros lo sta portando nella Locanba".

Vinpeel riuscì a infilarsi prima che chiudessero la porta. Selmer e il signor Alton adagiarono il signor Biton su un tavolo, mentre il Dottor Fros dirigeva le operazioni e frugava nella sua valigetta, maledicendo il disordine in cui versava. Il signor Alton si avvicinò per chiedergli che cosa avesse.

«Crisi nervosa» rispose il Dottor Fros.

«E cosa... ecco... cosa vuol dire?»

«Vuoi la spiegazione medica o quella comprensibile?»

«Comprensibile, possibilmente».

«È incazzato nero».

«Ah... ed è... una cosa pericolosa?»

«Per lui no. Per chi ha preso Dorothy, decisamente sì».

Vinpeel deglutì. Il Dottor Fros esultò tirando finalmente fuori la boccetta dei sali che stava cercando.

«Ora però ho bisogno di voi due» disse guardando Selmer e il signor Alton. «Non appena Biton si riprende, mi dovete aiutare a convincerlo a riposare. Sapete com'è fatto, ma se non riposa rischia grosso».

«E come dovremmo fare?» fece il signor Alton.

«Già. Come?» ribadì Selmer.

«Non lo so. Inventatevi qualcosa!» rispose il Dottor Fros.

«Ehm... tipo?» fece il signor Alton.

«Già. Tipo?» ribadì Selmer.

«Tranquillizzatelo dicendogli che Dorothy è solo scappata e che tornerà presto. L'importante è che stia tranquillo».

Selmer e il signor Alton annuirono. Il Dottor Fros passò la boccetta dei sali sotto il naso del signor Biton che a poco a poco riaprì gli occhi. Poi si chinò con dolcezza verso di lui, gli sorrise e iniziò a passargli un dito davanti agli occhi.

«Biton? Mi vedi? Biton?»

Il signor Biton seguì il dito del Dottor Fros che gli ondeggiava davanti.

«Fros che fai? Sono incazzato, mica cieco!»

Il signor Biton lo scansò e si tirò su di scatto, tra gli sghignazzi di Selmer e del signor Alton.

«Hanno rubato Dorothy!» esclamò mettendosi in piedi. Poi iniziò a girare nervosamente per la sala della Locanba, «Sapete chi è stato?»

Il Dottor Fros diede un'occhiata a Selmer, che diede a sua volta una gomitata al signor Alton.

«Ehm… Biton ecco, secondo noi magari non è andata proprio così… magari ti stai sbagliando sul fatto che… beh ecco… che Dorothy sia stata… sia stata rubata, ecco…»

«Cosa vorresti dire, Alton, che mi sono inventato tutto?» rispose Biton, mentre tornava a farsi paonazzo.

«Quello che vuole dire Alton» si affrettò a dire il Dottor Fros «è che magari è solo scappata, e tra poco… magari torna… vero, Alton?»

Alton annuì. Poi toccò a Selmer parlare, incitato dal Dottor Fros.

«Sì ecco… insomma… ci chiedevamo chi… a chi verrebbe mai in mente di rubare un maiale?»

«Maiale? Dorothy non era un semplice maiale! Attento a quello che dici Selmer o ti sfascio la testa!»

«Quello che vuole dire» aggiunse il Dottor Fros, cercando di calmare gli animi «è che sembra che manchi il movente. Giusto, Selmer?»

«Esatto… il movente».

Il Dottor Fros diede un'occhiata di traverso a Selmer e al signor Alton. Poi si avvicinò al signor Biton.

«Ascolta, Biton. Non fasciarti la testa prima del dovuto. Probabilmente Dorothy è qui intorno e tornerà non appena avrà fame. Intanto però promettimi che riposerai. Sei troppo stressato. Vai sopra e passa un po' di tempo con la signora Biton».

«E la Locanba?» chiese Biton massaggiandosi gli occhi.

«Oggi giorno di chiusura».

«Non posso. Devo prima consegnare i pranzi».

«Ci penserà Vinpeel».

Biton ci pensò su, poi diede le ultime disposizioni e si avviò al piano di sopra. La zuppa era già pronta. Vinpeel doveva solo impiattare e consegnare. E soprattutto sperare che il signor Biton smaltisse la rabbia. Si avviò verso la cucina quando fu bloccato da Selmer.

«Non adesso, Vinpeel. Stamattina ci sono le prove. Vieni qui dopo e prepari tutto per il giro».

QUATTRO

«Stop Stop Stop! Tick, più sentimento, per cortesia!»

Quando Selmer urlava "Stop", bisognava smettere di suonare.

«Ci devi mettere l'anima, lì dentro, Tick! Non sei un falegname che sta riparando un mobile».

«Ma io sono un falegname...»

«Lo so, ma adesso non stai riparando nessun mobile! Stai suonando! Quindi sei un...?»

«...»

«Sei un mu...»

«Un musicista?»

«Esatto! E i musicisti ci mettono il sentimento, inteso?»

«Inteso, sì».

«Impara da Gustav che pur essendo uno spazzino, dentro si sente un musicista. Dico bene Gustav?»

«In realtà io sarei un postino, Selmer. È stata colpa...»

«Sì hai ragione hai ragione, postino, scusami Gustav» lo bloccò subito Selmer per non ascoltare ancora una volta tutta la storia del suo declassamento.

A Dinterbild infatti per un giorno ci fu la Posta. E di conseguenza, per un giorno, ci fu anche un postino, che per l'appunto fu Gustav. Tutto iniziò quando la signora Alton si presentò dal giudice Morel dicendo che doveva spedire una lettera a Dinterbild.

«Ma signora, non può portarla a mano?» fece lui.

«No. Si tratta di una lettera anonima. Se la porto a mano che lettera anonima è?».

Non potendo obiettare nulla all'inoppugnabile ragionamento, il giudice Morel nominò Gustav postino appositamente per consegnarla.

La signora Alton però tornò, lamentandosi del fatto che non poteva spedire alcunché visto che a Dinterbild le vie non avevano nomi né numeri civici.

«Non basta il nome del ricevente?»

«Assolutamente no!», fece lei. «Sulla lettera va scritto l'indirizzo. Sennò che lettera è?».

Il giudice Morel convocò allora tutti gli abitanti per dare un nome alle varie stradine, ma ognuno iniziò a proporre il proprio nome. *Vicolo Fros*, *Viale Selmer*, *Biton Grand Boulevard*... e allora Morel, per evitare litigi, e visto che nessuno voleva abitare nella via intitolata ad un altro, diede a ogni tratto di strada il nome di chi ci abitava e il numero 1 come civico per tutti, cosicché Fros abitava in *Via Fros 1,* Selmer in V*ia Selmer 1* e così via.

Una volta sistemata tutta la odonomastica di Dinterbild, la signora Alton si presentò di nuovo dal giudice Morel. «Lei non ha rispettato la mia riservatezza!», lo incalzò, riferendosi al fatto che tutti ora a Dinterbild sapevano che era lei a dover spedire una lettera anonima. «Se conoscono il mittente, che lettera anonima è?». Il giudice Morel allora obbligò ogni cittadino di Dinterbild a spedire almeno una lettera anonima.

Il giorno dell'inaugurazione delle Poste di Dinterbild la piazza era piena di curiosi. Gustav si mise la tracolla piena di lettere in spalla e iniziò il suo giro, seguito da tutta la cittadinanza, tanto che ogni volta che bussava non c'era mai nessuno in casa e, alle sue spalle, dalla folla si agitava un braccio che diceva «Eccomi!».

Terminata la consegna, Gustav tornò a casa soddisfatto del suo lavoro, ma fu svegliato poco dopo dalle urla che venivano dalla strada. In paese stavano tutti litigando, accusandosi a vicenda, qualcuno arrivando anche alle mani. Ognuno aveva infatti ricevuto una lettera, e ogni lettera era piena di offese e di rancori.

Il giudice Morel allora chiuse per sempre le Poste di Dinterbild, motivando la drastica decisione dicendo che si trattava di un mezzo "che tira fuori il peggio delle persone".

Gustav venne così declassato a spazzino, anche se la cosa non gli andò mai giù, e ogni volta che lo definivano in quel modo raccontava da capo la storia. Motivo per cui Selmer lo aveva interrotto immediatamente e aveva subito richiamato l'attenzione battendo la bacchetta sul leggio.

«Allora forza riprendiamo. Un-dù-tre».

Quando Selmer contava, bisognava ricominciare a suonare.

Questo Vinpeel l'aveva capito abbastanza rapidamente. Ma quando diede un colpo di piatti, Selmer lo corresse subito. Se diceva "Stop", doveva restare fermo.

E muto.

Se invece contava "Un-dù-tre", doveva restare ugualmente fermo.

E ugualmente muto.

Quello che continuava a sfuggire a Vinpeel, quindi, era quale fosse il compito del piattista.

Selmer glielo spiegò nella maniera più chiara possibile: «Il piattista serve per fare numero. Sei qui per un motivo scenico.

Stai sul palchetto con noi, fai massa, e ogni tanto fai finta di dare un colpo. Così, ma senza fare rumore. Inteso?»

Vinpeel annuì.

Selmer era molto fiero della sua Banda. Si ostinava a chiamarla *Grande Orchestra di Fiati* anche se contava non più di dieci elementi, di cui due con il ruolo di semplici figuranti, cinque che non sapevano nulla di musica, e soltanto tre capaci di leggere uno spartito.

«Stop Stop Stop! Gustav, quante volte ti ho detto che devi guardare lo spartito!»

«Ma io non so leggere. Vado a memoria».

«Non importa. Da fuori devono avere la percezione che stiano ascoltando un professionista. E il professionista legge lo spartito, inteso?»

«Inteso».

In realtà anche la dicitura di *Banda* era generosa, visto il contesto.

In repertorio, infatti, c'erano soltanto due brani: un corale per messa gentilmente concesso da Padre Earl e una marcia scritta da Selmer stesso, intitolata *Dinterbild delle verdi foglie.*

In paese si era discusso a lungo di quel brano, perché era spudoratamente uguale al corale di Padre Earl. Selmer si giustificava dicendo che l'aveva scritto prima di aver ascoltato l'altro, ma effettivamente l'unica differenza sembrava essere la velocità.

«Stop Stop Stop! Rifacciamo questo finale insieme, che non è uscito al meglio».

«Tanto non lo suoneremo...» sussurrò Fros facendo sghignazzare tutti i musicisti.

«Cosa hai detto, Fros?» chiese Selmer.

«Io? Nulla, Selmer».

«Meglio così» lo fulminò Selmer.

Fros si riferiva a una peculiarità della Banda di Selmer, e cioè al fatto di non essere mai riuscita a terminare un brano durante la Festa della Merla.

Su questo tasto dolente, la smentita di Selmer era sempre categorica, ma in realtà ogni anno era proprio lui che si addormentava sul leggio, troppo ubriaco per andare avanti. A quel punto, i musicisti rimanevano fermi sull'ultima nota che aveva diretto cercando di capire, nell'imbarazzo generale, se il loro Direttore si sarebbe ripreso o meno.

Famosa fu la volta in cui il concerto rimase sospeso su un accordo di do diesis acutissimo, e tutti gli abitanti di Dinterbild si rifugiarono in casa tappandosi le orecchie, mentre gli animali presenti scapparono via nel bosco. Quando si appurò che Selmer si era addormentato, e i musicisti smobilitarono, l'unica a restare in piazza fu la signora Witt che, essendo sorda come una campana, applaudì commossa e ricordò, per anni, quel concerto come "il miglior concerto della Banda di Selmer".

«Stop stop stop! Bene così. Ci rivediamo tra qualche giorno da Biton per ispezionare gli abiti per il concerto. Mi raccomando. Devono essere puliti, stirati e in ordine. Vi voglio impeccabili, intesi?»

Tutti i musicisti si alzarono e iniziarono a rimettere a posto gli strumenti. Vinpeel riconsegnò i piatti a Selmer. Il Direttore gli diede una pacca sulla spalla e si congratulò con lui per il trasporto messo nell'interpretazione. «Bravo ragazzino. Quella è una cosa che hai, o non hai. Non te la spiega nessuno».

Vinpeel rimase un po' spiazzato, visto che non aveva dato neanche un colpo, ma accettò il complimento prima di correre a fare il giro di consegne della zuppa.

CINQUE

Quando Vinpeel entrò nella stanza di Mune, la trovò immersa nello stesso silenzio del giorno prima. Era sempre di schiena con lo sguardo rivolto alla finestra.

Posò il vassoio sul comodino e si sedette lì vicino, ad ascoltare il suo respiro.

Il giro era stato più lungo del solito, perché tutti gli chiedevano informazioni sul signor Biton e su Dorothy. Vinpeel rispondeva che il signor Biton si era preso una giornata di riposo e che Dorothy sicuramente sarebbe tornata a breve.

«L'avete vista ieri la nuvola a forma di gatto?» lo colse di sorpresa Mune. «È passata proprio qua su. Era grandissima. Dovete averla vista per forza».

«Ehm… no… ieri non ci siamo messi a vedere le nuvole», rispose Vinpeel.

«Allora meno male che ci sono io».

Mune si voltò e Vinpeel per un momento inciampò in quegli occhi azzurri che lo fissavano per la prima volta. Poi si accorse che sotto gli occhi, oltre il sorriso, c'era la mano di Mune che gli porgeva un foglio.

«Questo è quello che è passato ieri. Così potete aggiornare il vostro vocabolario».

Vinpeel diede un'occhiata al foglio. C'era una lista di tutto quello che Mune aveva visto nelle nuvole. Un'intera pagina di oggetti e forme accuratamente elencate. Iniziò a scorrerlo, fino a quando l'occhio gli cadde su una parola sconosciuta.

«Mune».

«Si?»

«Di preciso cosa sarebbe una ballerina in *plié*?»

«Non conosci il *plié*?»

«... veramente... no...»

«È quando balli e ti pieghi sulle ginocchia».

Vinpeel annuì con un sorriso, fingendo di aver compreso. Mune lo squadrò.

«Mi hai capito?»

«In realtà no...» ammise Vinpeel.

Mune si mise in piedi sul letto, alzò le mani sulla testa e scese sulle ginocchia con i talloni uniti. Aveva lo sguardo serissimo. Vinpeel trattenne a stento una piccola risata che via via si fece sempre più grande, fino a quando non gli scappò via dalla bocca. Mune lo guardò perplessa: «Perché ridi?»

«Perché sei buffa!»

«Come buffa?»

«Sì, buffa!»

Mune si ricompose e incrociò le braccia, mentre Vinpeel si asciugava le lacrime e riprendeva fiato.

«No scusami, non è vero, non sei buffa».

«E allora perché ridevi?»

«Perché mi mette allegria sentirti parlare. Ieri sembravi muta».

Mune abbassò lo sguardo e Vinpeel tentò di rimediare: «Scusami... non volevo».

«No, hai ragione. Mi succede sempre così quando non capisco».

«Non capisci cosa?»

«Quello che mi accade dentro».

Vinpeel la fissò con aria interrogativa. Mune fece un respiro e tornò a sedersi sul letto prima di dire: «Quando mi succede, mi si blocca tutto. La lingua, il corpo, la testa...»

«E perché?»

«Perché non capisco quello che mi accade. E allora mi paralizzo».

«Ma cosa ti accade, di preciso?»

«*La Cosa*».

«In che senso?»

«Sento le farfalle nella pancia che iniziano a sbattere le ali e che poi svolazzano per tutto il corpo, come impazzite. Io la chiamo così, *La Cosa...*»

«E perché?»

«Perché non l'ho mai saputa spiegare. Inizia con quel formicolio, che sale, si espande. L'unico modo che ho per mandarlo via è fermarmi. Stare immobile, in silenzio. Le farfalle allora smettono di sbattere le ali e si riaddormentano. Soltanto così *La Cosa* mi lascia in pace».

«Ma perché ti succede?»

«Dicono che non so riconoscere le emozioni. E quando succede, mi paralizzo».

«Che significa?»

«Che quando le farfalle si svegliano e iniziano a sbattere le ali, io non riesco a capire il perché e allora mi blocco, per farle riaddormentare».

«E ieri eri muta per questo?»

«Sì».

Vinpeel rimase per un po' a pensare alle parole di Mune. Poi sorrise.

«Mune...»

«Sì?»
«Se vuoi posso insegnarti io».
«A fare che?»
«A riconoscere le emozioni».

SEI

«Ora prova tu».

Mune mise le mani a cono intorno alla bocca. Guardò Vinpeel, poi prese fiato e urlò.

«Muneee...»

«Non così. Più forte. Devi gridare con tutto il fiato che riesci a prendere!»

Mune annuì, si riempì il petto d'aria e urlò di nuovo.

«Muneeeeeeeeeeee...»

Muneeeeeeeeeeee...

«Esatto!»

«Vinpeel...»

«Dimmi».

«Le farfalle... si... si iniziano a svegliare».

«Perfetto. Non aver paura e vai avanti!»

«Ma se poi...»

«Vai avanti ho detto!»

Mune si riempì nuovamente di aria i polmoni e urlò con quanto fiato aveva in gola.

«Come staaai?...»

Come staaai?

Mune sorrise, lasciandosi investire dalla sua voce che tornava indietro da chissà dove. Le farfalle si svegliarono. Le sentiva nel petto, nelle gambe, nelle braccia, persino nelle dita – «Forza respira, respira! Dagli aria a queste farfalle!» – Vinpeel era lì, lo sentiva mentre la incitava, le farfalle le stavano invadendo tutto il corpo, come impazzite – «Respira Mune! Respira! Non aver paura e vai avanti!» – sbattevano di qua e di là, e a lei sembrava di esserne invasa, di non poter sopportare ancora a lungo – «Respira Mune e dagli aria! Dagli aria così possono volare via!» – Mune soffiava, inspirava ed espirava, inspirava ed espirava, e sentiva le farfalle sbattere le ali in volute sempre più ampie, – «Forza Mune forza!» – e proprio quando non ce la stava facendo più, Mune sentì una scarica, come se le farfalle fossero volate via tutte insieme dopo averla attraversata da parte a parte – «inspira ed espira Mune, con calma» – Mune rallentò il respiro, le farfalle erano andate via – «sempre più piano» – non le aveva fatte addormentare questa volta, aveva respirato – «inspira ed espira» – e loro erano volate via – «inspira ed espira» – e lei non si era paralizzata – «inspira» – né era andata in apnea – «ed espira» – aveva finalmente respirato – «inspira» – ed era ancora viva – «ed espira».

Mune sorrideva.

«Visto? È stato bello?»

Mune annuì, raggiante.

«Hai appena conosciuto lo stupore!»

Vinpeel aveva deciso di iniziare proprio da lì le sue lezioni. In cima alla collina. Dove, quando poteva, alimentava la sua meraviglia.

Aveva cercato per Mune una definizione che fosse il più possibile chiara, per non farla paralizzare quando sarebbe stato il momento, e Mune se l'era appuntata nel suo quaderno, per non dimenticarla:

"Stupore"
è quando inciampi su una cosa che non ti aspettavi
e che ti fa perdere l'equilibrio.
Ma che poi ti fa tornare sui tuoi passi altre cento volte
per inciampare di nuovo.

Mune l'aveva imparata a memoria e continuava a ripetersela nella mente per dare finalmente un nome a quello che aveva appena sentito. Poi si sedette vicino a Vinpeel.

«Allora?» fece lui.

«Avevi ragione».

«Su cosa?»

«Viene voglia di inciampare di nuovo».

«Già».

I due si misero a guardare l'orizzonte. Vinpeel ogni tanto sbirciava Mune. Avrebbe voluto spiegarle quello che stava sentendo lui ma restò zitto, prese un sasso e lo lanciò nel vuoto che avevano davanti. Mune fece lo stesso, e per un po' andarono avanti così, fino a quando Vinpeel si fermò.

«Mune».

«Sì».

«Da dove vieni?»

«In che senso?»

«Prima di arrivare qui, su quella luce, dov'eri?»

«In un posto dove non parlavo più».

«E che posto era?»

«L'ho quasi dimenticato».

Vinpeel prese ad accarezzarsi una gamba.

«Mune».

«Sì».

«E perché sei venuta qui?»

«Non ci sono venuta. Mi ci sono ritrovata».

Una voce li colse di sorpresa.

«Vinpeeeel! Vinpeeeel dove sei?»

Si voltarono e videro il signor Biton correre verso di loro. Il tono che aveva non faceva presagire nulla di buono. Vinpeel fece cenno a Mune di stare tranquilla, anche se sentì il cuore accelerare paurosamente.

SETTE

«È stato Doan» aveva provato a dire Vinpeel, ma il signor Biton non aveva dubbi su quanto sosteneva.

Era risalito a lui dalle impronte vicino al recinto di Dorothy. L'aveva scovato, afferrato per un braccio e trascinato fino a casa. Si era chiuso nello studio con Ned Bundy e aveva iniziato a parlare animatamente. Ned Bundy aveva provato a scusarsi ma Biton non ne voleva sapere di calmarsi. Erano andati avanti per ore, fino a quando non si era fatto buio.

Vinpeel era rimasto chiuso in camera, massaggiandosi il braccio dolorante e pensando a Mune.

Durante il tragitto verso casa, in mezzo alle urla di Biton e alle lacrime di Vinpeel, la ragazzina aveva avuto una crisi. Si era bloccata e aveva iniziato a respirare male sotto lo sguardo spaventato di Biton. Vinpeel si era liberato dalla presa e le era andato vicino. «Le farfalle» aveva detto lei terrorizzata. Vinpeel le aveva spiegato che si trattava della Paura, e l'aveva incitata a continuare a respirare, a non bloccarsi, perché presto sarebbe passata. La guardavano provare a scacciare le farfalle impazzite, e quando si fu calmata, Biton, ripresosi dallo spavento, l'aveva riportata da Lady Sawen, per poi trascinarsi dietro Vinpeel fino a casa sua.

Finalemente Vinpeel sentì Ned Bundy accompagnare il signor Biton all'uscita. Vide le loro ombre scorrere da sotto la porta. Sentì l'uscio di casa chiudersi e i passi di suo padre tornare indietro. Si irriggidì, preparandosi al peggio, ma i passi andarono oltre, per spegnersi dentro lo studio da cui appena prima il signor Biton urlava.

Vinpeel rimase fermo per un po'. Poi uscì dalla stanza e andò a sbirciare. Suo padre aveva ricominciato a scrivere. Spinse la porta ed entrò.

«Papà...»

Ned Bundy sembrò non sentirlo.

«Papà...» ripeté Vinpeel, con un filo di voce in più. Ned Bundy alzò gli occhi e lo fissò severo. Vinpeel conosceva quello sguardo, chiuso come un pugno.

«Io non volevo, ma...»

Ned Bundy abbassò la testa, e le sue parole rimasero sospese a mezz'aria. Caddero a terra con uno schianto quando Ned Bundy prese una bottiglia da sotto la scrivania e ci mise dentro quanto aveva scritto.

Vinpeel lo guardò prendere il tappo e la ceralacca. Avrebbe voluto spiegarsi ma suo padre aveva già alzato il muro che mai gli era riuscito di scavalcare.

Ned Bundy uscì e si avviò verso la spiaggia. Vinpeel lo osservò allontanarsi. Vedeva le sue spalle, immaginava le mani attorno alla bottiglia, intuiva i suoi occhi piantati in mezzo al blu del mare. E gli sembrò ancora più distante.

Poi lo vide chinarsi e affidare la bottiglia alle onde. Come sempre.

Uscì di casa mentre suo padre raccoglieva conchiglie e se le portava all'orecchio. Ogni tanto se ne metteva una in tasca.

Vinpeel si fece coraggio e gli andò vicino. Sapeva quale era l'unica parola che poteva abbattere quel muro, perché quando Ned Bundy era arrabbiato non ne accettava altre. Era una parola in cui Vinpeel si sentiva umiliato, la parola della resa senza alcuna possibilità di confronto o spiegazione.

«Scusami...»

Gliela disse sapendo già cosa aspettarsi. Ned Bundy gli avrebbe passato una mano tra i capelli e gli avrebbe sorriso.

E così accadde.

La mano. Il sorriso. Il dispiacere.

E poi il solito vuoto. Come se nulla fosse accaduto.

«Io rientro. Tu?»

«Ancora un po'».

Vinpeel raggiunse la riva. Prese una conchiglia e ci parlò dentro.

Poi la lanciò lontano, nel buio.

Iniziò a camminare sulla spiaggia. All'inizio piano. Poi sempre più velocemente mentre dentro gli montava qualcosa, fino a quando i passi, frenetici, non si trasformarono in calci, e i calci in pestoni di rabbia che alzavano sabbia e distruggevano tutte le conchiglie che incontrava. Le distruggeva sperando di trovare nel mucchio anche le sue.

Continuò fin quando non ebbe trovato la conchiglia appena lanciata.

Si fermò.

La raccolse.

E ci appoggiò l'orecchio.

Le lacrime nascoste negli occhi uscirono tutte insieme. Gettò la conchiglia sulla sabbia. La calpestò frantumandola in mille pezzi, facendo volare via le parole che ci aveva soffiato dentro.

… ciao papà sono Vinpeel,

mi senti?

… il giro delle consegne…

… le ho insegnato lo Stupore…

… Krisheb può vedere Doan…

… cinque peccati, come da accordi…

… non era un grugnito, ma un boato…

… una fionda gigante…

… è arrivata con una scia luminosa nel cielo…

… Papà?

… mi senti?

#3

HERMANOS ITALIANOS

Tre sono le cose che Juanito Caldaron riuscì ad imparare nella sua breve esistenza lontano da casa:

1. In un villaggio le notizie corrono assai veloci.
2. In un villaggio le notizie arrivano in maniera molto ma molto parziale.
3. In un villaggio c'è sempre da mangiare.

Juanito Caldaron lasciò il suo placido villaggio incastrato nella Patagonia quando aveva circa vent'anni, per arruolarsi come soldato.

La notizia fu accolta tra le lacrime dei nonni che l'avevano cresciuto.

Il nonno diceva piangendo di gioia: «Juanito nostro si è fatto uomo».

La nonna rispondeva piangendo di tristezza: «Ti sbagli, idiota. Juanito ci abbandona».

I due avevano sempre avuto idee divergenti su tutto. Perciò Juanito non si turbò più di tanto quando ascoltò le loro raccomandazioni sulla porta di casa.

Il nonno gli disse: «Questa gamba di legno sarà la tua fortuna».

La nonna aggiunse: «Ti sbagli, idiota. Sarà la sua rovina».

L'unica cosa che i nonni avevano in comune era l'attaccamento per l'Italia, pur non avendola mai vista, ma di cui erano entrambi originari. Attaccamento che avevano trasmesso a Juanito che, non appena seppe dell'entrata in guerra dell'Italia, volle recarsi in Europa per servire il suo paese.

L'unica cosa che decise di portare con sé fu per l'appunto quella gamba di legno che aveva trovato anni prima lungo la strada che portava al villaggio sotto il cartello di latta con su scritto *Bienvenidos en Patagonia*. Era all'interno di un pacco che non aveva né mittente, né destinatario, né indirizzo, ma soltanto la scritta *Patagonia*.

Juanito si convinse che quel pacco fosse diretto proprio a lui e da allora non si separò mai da quella gamba di legno.

Fu proprio il giorno in cui partì per la guerra che Juanito imparò che nei villaggi le notizie corrono assai veloci.

Quel giorno infatti tutti gli abitanti, con le lacrime agli occhi, si trovarono sotto il cartello di latta, a salutare il ragazzo che, gamba di legno in spalla, partiva soldato.

Una volta arrivato in Europa, la carriera da aspirante soldato di Juanito Caldaron durò in realtà non più di quattro minuti. Il tempo necessario ai due del personale del porto di Liverpool – assai impacciati in realtà – di chiedere disposizioni all'Alto Comando Britannico riguardo a un soggetto che, appena sbarcato da Buenos Aires e con una gamba di legno sulla spalla, diceva di volersi arruolare nell'esercito italiano. La risposta dell'Alto Comando Britannico, dopo i primi istanti di ilarità, fu lapidaria: "Campo di prigionia di Yol. India". Cui seguiva a distanza di pochi minuti un ulteriore messaggio: "Siete simpatici voi due, ma non fateci perdere tempo con altre cazzate".

I due addetti del porto di Liverpool si guardarono mortificati e, ancora più incerti sul da farsi, comunicarono al neo-sbarcato la sua prossima destinazione.

Quello fu il frangente in cui Juanito imparò che le notizie, in un villaggio, oltre a correre assai veloci, arrivano anche in maniera molto ma molto parziale.

Quando infatti gli era stato comunicato che l'Italia era scesa in guerra, gli era stato del tutto omesso contro chi. E fu con grande stupore che Juanito apprese che tra i nemici c'era proprio la Gran Bretagna, i cui domini si estendevano su Liverpool e sull'annesso porto oltre che, ovviamente, sull'India.

L'unica cosa che chiese fu «Posso tenere la mia gamba di legno?», domanda che mise nuovamente in difficoltà i due addetti del porto di Liverpool che decisero però di non disturbare ulteriormente l'Alto Comando Britannico optando per un rapido e distratto: «Sì».

Appena arrivato al campo di prigionia, Juanito inviò una lettera appassionata e patriottica ai suoi nonni in cui spiegava di essere stato fatto prigioniero dal nemico, sorvolando sulle modalità della sua "rocambolesca" (così la definì) cattura. Comunicò che era stato mandato in India dopo essere passato per Buenos Aires e Liverpool, e che non vedeva l'ora di riabbracciare tutti.

La notizia rimbalzò veloce di casa in casa, provocando una sincera commozione in tutti gli abitanti del villaggio, anche se la nonna si ostinava a ripetere che Juanito era prigioniero degli inglesi a Liverpool, mentre il nonno, degli indiani pellerossa a Buenos Aires, creando non poca confusione.

Giunti nel campo, i prigionieri venivano divisi in base alla nazionalità: italiani, tedeschi, giapponesi, ungheresi, romeni, bulgari. Non essendoci argentini, a Juanito fu permesso di scegliere dove andare, e optò per gli italiani.

La prima cosa che notò furono gli elefanti. Venivano usati per fare i lavori più duri, come spostare pali della recinzione o smuovere merci.

La seconda cosa fu la fame, e in quel frangente Juanito imparò che in un villaggio, per quanto le notizie corrano veloci e arrivino assai parziali, almeno c'è sempre qualcosa da mangiare.

L'accoglienza dei *fratelli italiani* (o degli "hermanos italianos", come li chiamava suo nonno) non fu delle migliori. Juanito scoprì con sommo stupore che in realtà parlavano una lingua assai diversa dalla sua, e il fatto di girare con una gamba di legno sulla spalla non lo aiutava di certo a rompere il ghiaccio.

Fu in questo periodo che Juanito inviò una seconda lettera a casa, descrivendo gli *hermanos italianos* come un popolo assai diverso dai racconti dei nonni: poco socievoli, perlomeno con lui, parlavano un surrogato di spagnolo incomprensibile ed erano sempre pronti a cantare e ad azzuffarsi. Dovette ammettere di sentirsi maledettamente solo in mezzo a loro e di non vedere l'ora di tornare in Argentina al suo villaggio.

Anche questa notizia rimbalzò veloce di casa in casa, suscitando tenerezza in tutti gli abitanti. La nonna iniziò a ripetere che Juanito era prigioniero degli italiani a Buenos Aires mentre il nonno sosteneva che fosse stato preso come cantante in un gruppo di musicisti italiani conosciuti a seguito di una zuffa.

In realtà Juanito riuscì a farsi accettare dagli *hermanos italianos*, ma ciò accadde soltanto verso il ventesimo giorno di prigionia.

Quella mattina uno degli elefanti si era azzoppato durante il lavoro ed era stato lasciato ferito nel piazzale del campo in attesa dell'arrivo di un veterinario.

Per tutta la notte il silenzio delle camerate era stato rotto dai suoi lamenti, spingendo i prigionieri a bestemmiare per il sonno rubato. Soltanto nella camerata degli italiani qualcosa andava diversamente. Avevano gli occhi sbarrati, bramosi, e tutti tra le brande si rimbalzavano la stessa domanda: «Ma gli elefanti sono commestibili?»

Una rapida consultazione vide facilmente trionfare il partito del "sì", aggrappato alla solida argomentazione che gli elefanti, in fondo, sono dei mammiferi, proprio come le mucche, le pecore e i maiali.

Restava solo lo scoglio più grande: come si fa ad ammazzare una bestia che per quanto ferita ha una mole considerevole? Ci fu un'altra rapida consultazione, fin quando tutti gli sguardi caddero sulla stessa persona.

Juanito.

Juanito sorrise, non capì bene quello che gli *hermanos italianos* gli dicevano, ma quando gli indicarono la gamba di legno e poi l'elefante, riuscì facilmente a mettere in relazione le due cose, annuì col capo, sorrise e si avviò verso il piazzale brandendo la sua gamba di legno.

L'indomani il veterinario, finalmente giunto, non poté che constatare la morte del pachiderma.

Un prigioniero italiano chiese se l'animale poteva essere mangiato e i soldati inglesi, pur di non dover spostare l'immensa carcassa, acconsentirono.

Per evitare disordini fu deciso che ogni gruppo di prigionieri, diviso per nazionalità, avrebbe preso una parte dell'animale. A scegliere per primi sarebbero stati proprio gli italiani, visto che l'idea era stata la loro.

Si riunirono di fronte alla carcassa e, spinti dalla fame, scelsero la parte che, in teoria, si sarebbe dovuta cuocere prima: la proboscide.

Gli *hermanos italianos* pensavano infatti che, non avendo ossa, la proboscide si sarebbe potuta mangiare appena cotta, saltando il momento della sfilettatura.

Accecati dalla fame, non avevano considerato però che la proboscide è la parte più muscolosa dell'animale, e la sorpresa fu grande quando, dopo oltre quattordici ore di cottura, continuavano a guardarla galleggiare nel pentolone ancora dura come un sasso, mentre tutti gli altri prigionieri se ne stavano sdraiati al sole, pieni come uova.

Ormai stremati dalla fame, si riunirono per trovare un rimedio. Basandosi sempre sull'argomentazione dei mammiferi, arrivarono nuovamente a una soluzione unanime.

Juanito.

Non capendo nulla di quello che gli stavano dicendo, anche questa volta Juanito sorrise, ma ebbe subito un ripensamento quando gli *hermanos italianos* gli furono addosso brandendo la sua gamba di legno.

Dopo neanche un'ora iniziarono ad uscire i primi piatti di carne tra le grida festanti degli italiani che, all'improvviso, non avevano più nessuna fretta di vedere cuocere quella dannata proboscide.

Juanito fu tra quelli che non fecero ritorno a casa, ma non essendo stata ritrovata la sua salma, risultò ufficialmente tra i dispersi. Non essendo inoltre il suo nome inserito in nessuna lista militare, visto che di fatto non si era mai arruolato, risultò tra i dispersi civili, cosa che non gli permise di ricevere alcuna onorificenza postuma come eroe, così come avrebbe desiderato suo nonno.

Ma siccome le notizie, ormai si sa, nei villaggi corrono veloci e arrivano spesso parziali, suo nonno si convinse di quanto aveva sempre sostenuto, ossia che Juanito aveva preferito partire per una lunga tournée con un gruppo di musicisti italiani conosciuti a seguito di una zuffa anziché fare la guerra.

PARTE QUARTA

UNO

«Cosa? E perché?»

«Te l'ho già detto. Biton è stato chiaro. Se non la smetto mi manda via».

«E allora? Noi stiamo facendo di tutto per andare via!»

Vinpeel si massaggiò il collo, mentre Doan con le mani in tasca iniziò a dare calci ai sassi. L'amico voleva abbandonare le ricerche per raggiungere l'Altrove. Biton era stato categorico: se Vinpeel voleva continuare ad andare alla Locanba, doveva scordarsi di Doan, di tutte quelle stupidaggini e iniziare a rigare dritto. Vinpeel ovviamente non aveva fatto cenno all'Altrove né alla fionda, ma era comunque meglio non rischiare.

«Doan mi dispiace...»

«Non è vero!»

«Perché dici così?»

«Perché mi fai rabbia, ecco perché!» esplose Doan lanciando un sasso verso il bosco.

Vinpeel sentì colpire un albero. Poi si girò verso Doan.

«Ma che hai? Ti ho detto che mi dispiace...»

«Non ti importa nulla invece!»

«Che ne sai tu?»

«È solo una scusa per non staccarti da tuo padre!»

Vinpeel fu preso alla sprovvista. Per un attimo accusò il colpo, poi reagì d'istinto.

«Che c'entra mio padre adesso?»
«Come che c'entra? Fai sempre quello che dice lui!»
«Ma che dici?»
«Ah no?»
«No!»
«Ti sei mai ribellato a qualcosa che voleva?»
«Ma a chi devo ribellarmi? A chi mi vuole bene?»
«No. A chi ti impedisce di essere te stesso!»
«Ma io sono me stesso!» sbottò Vinpeel.
Doan rimase zitto, sapeva di aver fatto centro. Era in piedi davanti a lui, con le mani in tasca, a gambe larghe. Vinpeel lo fissò con rabbia. Distolse lo sguardo e si calmò.
«Lo fa per il mio bene».
«Perché tu non lo sai qual è il tuo bene?»
«Sì».
«E allora perché non lo fai da solo?»
«Perché lui… è mio padre…»
«E allora?»
Vinpeel sentì un nodo stringersi in gola. Si voltò dall'altra parte spalancando gli occhi per far tornare indietro le lacrime che sentiva premere. Aspettò che passasse prima di rispondere.
«E allora niente. Gli voglio bene».
«Già. Talmente tanto da nasconderti a lui».
«Che significa?»
«È così. Tu ti nascondi. Non ti mostri mai. Non gli dici di me, di quello che fai, di quello che vuoi fare…»
«È impegnato, lo sai».
«No, Vinpeel. Hai paura di deluderlo, è questo il punto».
«Deluderlo di cosa?»
Vinpeel guardò Doan con aria di sfida. Voleva che la smettesse, che si fermasse, che non andasse oltre. Doan

continuò, convinto che Vinpeel anche questa volta avrebbe ceduto.

«Deluderlo mostrandoti per quello che sei veramente…»

Vinpeel si piantò davanti a Doan…

«… perché hai paura che smetterà di amarti…»

… sentì la rabbia serrargli i pugni…

«… se non sei come vuole lui».

… e si scagliò contro l'amico.

DUE

Vinpeel si pulì la faccia con l'acqua di mare. Gli faceva male e aveva difficoltà a tenere aperto l'occhio sinistro. All'inizio, quando Doan aveva risposto ai suoi pugni, non aveva sentito dolore.

Se le erano date fino allo sfinimento. Ma ora i lividi lasciavano affiorare quello che c'era stato.

Si era rifugiato in riva al mare. Aveva giurato a se stesso che mai più avrebbe perso tempo con Doan. Era stufo del suo modo saccente di dirgli le cose.

«Tu laggiù, mi senti?»

Vinpeel si voltò, ma con un occhio gonfio e l'altro bagnato d'acqua salata, gli risultò difficile mettere a fuoco la figura che avanzava verso di lui.

«C'è mica la mia gamba laggiù?»

«Krisheb» mormorò Vinpeel mentre un sorriso gli scappava dalle labbra.

«No. Nessuna gamba qui!»

«Poco male. Tornerà. È un problema se l'aspetto qui?»

Krisheb gettò le stampelle sulla sabbia e si sedette poco lontano a guardare verso l'orizzonte.

«Che hai fatto all'occhio?»

«Sono caduto...»

«Sul pugno di chi?»

Vinpeel rimase spiazzato. La scusa che con cura aveva preparato per giustificare in giro quell'occhio nero, non serviva più.

«... di... di Doan...»

«Soldi, donne, o bevute?»

«Nessuna delle tre. Mio padre».

Krisheb alzò un sopracciglio. Poi fece cenno a Vinpeel di avvicinarsi e sedersi.

«Avete litigato per Ned Bundy?»

«Sì... cioè no... non proprio, ecco...»

«Fammi vedere. Chiudi l'occhio e avvicinati».

Krisheb lo esaminò da vicino.

«Non male. Devi averlo fatto arrabbiare parecchio».

«È lui che ha fatto arrabbiare me».

«Che ti ha fatto?»

«Dice che mi nascondo da mio padre».

«Perché?»

«Perché avrei paura di deluderlo».

«E tu che ne pensi?».

«Che è una cosa stupida!»

«È un punto di vista» disse Krisheb ridendo. «E ora che pensi di fare?»

«Ignorarlo».

Krisheb annuì. Poi tirò fuori una boccetta dal fodero della giacca sdrucita e la porse a Vinpeel.

«Cos'è?»

«È un unguento di mia invenzione. Mettitelo sull'occhio. Ti aiuterà a farlo sgonfiare e renderà più credibile la scusa che avevi preparato».

Vinpeel sorrise e iniziò a spalmarsi l'unguento sull'occhio. Krisheb lo aiutò nelle operazioni prima di riprendere a parlare.

«Ma tu racconti qualcosa di te a tuo padre?»

«Io?»

«Sì, tu».

«Non sempre sempre. Non sa di Doan, ad esempio. O del nostro gioco con le nuvole».

«E perché?»

«Perché non approverebbe. Lui non riesce a capire queste cose. È sempre impegnato a fare altro».

«Non è colpa sua. Ned Bundy ha una grande sofferenza dentro che non riesce ancora a scrollarsi di dosso».

«E io cosa c'entro?»

«Quando la sofferenza è grande occupa tutto, e non lascia spazio a nient'altro. Per questo anche lui è qui».

«Qui dove?»

«Qui a Dinterbild».

Vinpeel lo guardò con aria interrogativa. Allora Krisheb prese una stampella e iniziò a fare dei piccoli cerchi sulla sabbia.

«Qui a Dinterbild è dove si finisce quando qualcosa inceppa le nostre vite...»

«Inceppa?»

«A volte le vite dei grandi si inceppano, Vinpeel. Anche quelle che andavano una meraviglia possono incepparsi da un momento all'altro. E il più delle volte non si riesce a farle andare avanti neanche di un metro. Puoi stare lì a spingerle per ore, puoi anche farti aiutare da chi ti vuole bene, ma non si riesce proprio a farle ripartire».

«E perché?»

«Perché capita di perdere l'occasione per essere felici. All'inizio lotti, spingi più che puoi per far ripartire la tua vita, ma il pensiero poi ti torna sempre lì...»

«E non passano altre occasioni?»

«Forse sì. Forse no. Di sicuro non sei capace di vederle. Perché sapere di aver perso la felicità fa male, e ci puoi rimuginare su una vita intera. È impossibile da tollerare. E allora le persone piano piano decidono di seppellire dentro il loro cuore quanto successo, sempre più giù, sempre più in fondo, fino a quando smettono di pensarci e non soffrono più».

«E Dinterbild che c'entra?»

«È dove si arriva quando si decide di seppellire tutto. E dove, alla fine, si dimentica persino quando e perché si è venuti».

Vinpeel guardò i cerchi nella sabbia fatti da Krisheb.

«Krisheb...»

«Dimmi».

«Come si decide di arrivare a Dinterbild?»

«Non si decide di arrivare. Ci si scivola dentro. Senza accorgersene».

«E quando succede?»

«Quando si vuole dimenticare anziché soffrire».

«E io cosa ho voluto dimenticare?»

Krisheb guardò Vinpeel.

«Tu? Nulla».

«Quindi non ho perso l'occasione per essere felice».

«No».

«Ma allora perché sono qui?»

Krisheb sorrise.

«Perché ci sono vite talmente collegate l'una all'altra che sono come i passi dello stesso andare. Se se ne ferma una, si ferma anche l'altra. Se si blocca il tuo piede destro, il tuo piede sinistro non potrebbe andare lontano, giusto?»

«E quale sarebbe il piede destro che si è inceppato?»

«Ned Bundy».

«Mio padre?»

«Sì. È scivolato qui, e senza volerlo ha trascinato anche te. Succede spesso quando due vite sono intrecciate tra loro».

Vinpeel prese a muoversi all'interno dei cerchi, stando attento a non calpestarne i bordi.

«E mio padre perché è scivolato qui? Cosa voleva dimenticare?»

«Non lo so. A Dinterbild nessuno parla del proprio passato».

«Perché?»

«Molti perché sono riusciti a dimenticarlo. Pochi perché non sono ancora riusciti a farlo. Tuo padre è tra questi».

«E perché non riesce a dimenticare?»

«Perché a volte si hanno dolori troppo grandi anche per Dinterbild».

Vinpeel alzò la testa dalla sabbia e spinse gli occhi verso l'orizzonte. Aveva sempre pensato che se il mare aveva un cuore, le onde erano i suoi battiti. E dalle onde potevi intuirne l'umore, così come succede con le persone. L'umore del mare quel giorno era calmo. Quello di Vinpeel meno.

«E Mune?»

«Anche lei dimenticherà tutto e le passeranno le crisi».

«Imparerà a riconoscere le emozioni?»

«No, Vinpeel. Si arrenderà a non averne».

«Che significa?»

«È per questo che è qui. Lei non ha perso l'occasione per essere felice. Lei non può proprio conoscerla, la felicità. La sua vita si è inceppata lì, e alla fine si è arresa. Come tutti gli altri ha deciso di dimenticare che si può essere felici».

«Ma io le ho promesso che l'avrei guarita».

«È tardi, Vinpeel. Ormai è a Dinterbild, e da Dinterbild non si torna indietro. Se è arrivata qui è perché la sua vita non può ripartire. Si è inceppata per sempre. Spera che dimentichi il prima possibile, così non soffrirà più».

Vinpeel vide in una nuvola che passava il viso di Mune, il suo Stupore, la sua Paura.

Krisheb alzò lo sguardo e poi guardò il mare.

«Eccola che torna la marea» disse. «Speriamo che stavolta si porti la mia gamba appresso».

E iniziò a contare aspettando la marea.

SEI… CINQUE…

… QUATTRO… TRE…

… DUE… UNO…

… ZERO.

TRE

«Eccoti» disse Mune quando lo vide entrare. «Ho sentito i tuoi passi per le… Che hai fatto all'occhio? È stato il signor Biton?»

Vinpeel chinò il viso e sorrise.

«Nulla di grave. Sono caduto mentre giocavo». Appoggiò il vassoio sul comodino ed esclamò: «Zuppe Biton! Le migliori di…»

«Dinterbild!»

Mune si mise la zuppa in grembo e Vinpeel le si sedette vicino.

«Ma si è calmato dopo?» chiese Mune annusando la zuppa.

«Chi?»

«Il signor Biton».

«Certo, tutto chiarito».

«Meno male. Oggi la zuppa a che cos'è?»

«Sorpresa, come sempre».

Mune infilò il cucchiaio nel piatto. Cominciò a girare per farla raffreddare.

«Hai visto che faccia ha fatto quando ti si sono svegliate le farfalle nella pancia?»

«Sì, è sbiancato».

«Sei riuscita a farle volare via, no?»

Mune annuì. Lasciò il cucchiaio e prese il quaderno per mostrarlo a Vinpeel. Sotto la definizione di *Stupore* ce n'era una nuova:

"Paura"
è quando non riesci a girare la pagina di un libro,
a fare un altro passo in avanti
o a parlare con qualcuno,
perché non ti piace quello che succederà dopo.
Però quando poi succede è meno grave di quanto pensavi.

«È questa la Paura che mi dicevi ieri sera?»

«Sì. E non avrei saputo spiegartelo meglio».

Mune soffiò sulla zuppa e iniziò a mangiare. Vinpeel osservava i suoi piccoli movimenti, i denti, le labbra, rimanendo incantato da quanto tutto, in lei, si muovesse in modo così armonioso e perfetto.

Fu lei a interrompere l'incanto con l'ultima cucchiaiata. Si pulì le labbra e chiese: «E oggi cosa impariamo?»

Vinpeel si tirò su, la guardò negli occhi e le offrì la mano.

«L'Allegria»

QUATTRO

"Allegria"
è quando non riesci a star fermo e vuoi solo saltare,
correre e stare in compagnia.
In genere si ride così tanto che poi ti può far male la pancia.

Mune si era scritta la definizione di Vinpeel sul quaderno, ma era rimasta lettera morta perché a Vinpeel, quel giorno, non riusciva proprio di essere allegro.

Avevano provato con un mucchio di giochi. Avevano corso fin sopra la collina e poi giù con le braccia aperte per sentire il vento in faccia; avevano giocato a non farsi prendere dalle onde; avevano fatto a gara a chi tratteneva di più il respiro fino a diventare viola, ma c'era come una patina sopra l'umore di Vinpeel, che non riusciva a mandar via.

Alla fine si arrese e si mise a sedere su un sasso.

«Tutto bene?»

«Sì, ma oggi mi sa niente allegria».

«Come mai?»

«Non mi viene».

«Perché?» chiese Mune sedendosi accanto.

Vinpeel esitò un attimo, incerto se confidarsi o meno. Poi vide gli occhi azzurri di Mune e le raccontò di Doan e della zuffa.

«È per questo che hai l'occhio gonfio?»

«Sì».

«Devi averlo fatto arrabbiare parecchio».

«È lui che ha fatto arrabbiare me».

Vinpeel sbuffò, come se stesse scomodo su quel sasso. Poi si voltò verso di lei.

«Ti insegno un'altra cosa. Passami il quaderno». Scrisse veloce e lo ripassò a Mune. Lei lesse ad alta voce:

"Nostalgia"
è quando sei sicuro di avere una cosa a cui tieni
dentro una tasca,
ma quando ci infili una mano non la trovi più.

Mune ripeté la frase più volte per impararla a memoria. Poi guardò soddisfatta Vinpeel.

«E ora tu senza Doan senti questa cosa, la Nostalgia?»

«Esatto».

«E io quando la conoscerò?»

«Dipende a cosa sei affezionata».

«Perché?»

«Perché si fa viva quando qualcosa o qualcuno a cui sei affezionata non è vicino a te».

«Quindi potrebbe farsi viva quando tu oggi te ne andrai?»

Vinpeel abbassò gli occhi, sentendo le orecchie prendergli fuoco. Sentì Mune muoversi per trovare una posizione più comoda, del tutto ignara del suo imbarazzo.

«Ma perché avete litigato?»

Vinpeel pensò all'Altrove, alla fionda, a Dorothy, alla rabbia del signor Biton, all'indifferenza di suo padre, all'incontro con Krisheb.

Poi fece un sorriso.
«Mune».
«Sì?»
«Sai mantenere un segreto?»
Mune annuì. Poi chiese un momento a Vinpeel per prendere un appunto sul quaderno.

"Allegria"
è quando non riesci a stare fermo e vuoi solo saltare,
correre e stare in compagnia.
In genere si ride così tanto che poi ti può far male la pancia.
P. S. Non viene se litighi con Doan.
P. P. S. È incompatibile con la Nostalgia. O l'una o l'altra.

«Ok. Ti ascolto».

CINQUE

Quando il signor Biton rientrò in cucina, trovò Vinpeel intento a fissare la pentola della zuppa con il sedano tagliuzzato tra le mani e un'espressione ebete sul volto.

Eppure la giornata era iniziata come sempre, con il signor Biton a sbraitare per il solito ritardo di Vinpeel.

«Porca miseria, Vinpeel! In ritardo anche oggi!»

Dopo aver raccontato il suo segreto a Mune, Vinpeel si era precipitato alla Locanba e, per quanto avesse corso, non era riuscito ad evitare che il disco del signor Biton partisse. Anche quella volta, alla fine, il «Merda!» era arrivato seguito dall'immancabile «E non startene lì fermo a non fare niente! Corri in sala a preparare!»

Erano giorni frenetici, non solo nella Locanba ma in tutta Dinterbild, perché fremevano i preparativi per la ricorrenza più importante dell'inverno: la *Festa della Merla*, che si sarebbe svolta di lì a due giorni.

Ogni anno gli abitanti di Dinterbild si riunivano per festeggiare il giorno più freddo dell'anno con un enorme falò posto al centro della piazza, vicino alla Fontana dei Pesci.

Tutto il paese contribuiva portando tronchi d'albero, legname di riciclo, mobili in disuso e tutto ciò che serviva per fare ardere il fuoco l'intera notte. Padre Earl per l'occasione tirava su le luminarie tra le case del centro, la signora Witt sfornava i suoi dolci, Selmer rispolverava la Banda mentre tutti gli abitanti pregavano che i fuochi d'artificio del signor Alton fossero dei semplici fuochi d'artificio.

Già.

Perché quando capitava che il signor Alton si metteva in testa di stupire con qualche effetto speciale, la cosa finiva sempre per sfuggirgli di mano. Famosa fu la volta in cui promise uno spettacolo "da brividi", e i brividi vennero a tutti quando rischiò di mandare a fuoco ogni casa che affacciava sulla piazza. Disse che si era trattato di un problema "di traiettoria", ma la signora Alton ci tenne subito a correggerlo parlando di un problema di "gomito alto".

O ancora quando promise uno spettacolo "a sorpresa", e la sorpresa fu che fece partire lo spettacolo pirotecnico con tre giorni d'anticipo. In quell'occasione parlò di un problema "di amicizie sbagliate", visto che Selmer e il Dottor Fros lo avevano convinto che fosse sabato anziché mercoledì. Ma anche in quel caso la signora Alton ci tenne a correggerlo insistendo sul problemino del "gomito alto".

E ora che Alton aveva annunciato di essersi superato, gli abitanti di Dinterbild erano più preoccupati del solito.

Poche sere prima era salito in piedi su un tavolo della Locanba e, con equilibrio incerto, aveva proclamato che per quell'edizione della Festa della Merla, li avrebbe lasciati a bocca aperta con qualcosa di "stu-pe-fa-cen-te".

Anche Biton ci teneva ad organizzarsi per la Festa della Merla. Portava fuori i tavoli e le sedie per permettere a tutti di assistere allo spettacolo comodamente seduti, magari gustando una zuppa e un buon bicchiere.

Quando Vinpeel ebbe finito di apparecchiare in sala tornò in cucina, dove ad aspettarlo c'era il signor Biton che gli dava istruzioni.

«Prendi il coltello...»

Prendo il coltello...

«... prendi il tagliere...»

... prendo il tagliere...

«... e taglia il sedano a dadini»

... e taglio il sedano a dadini.

Vinpeel si posizionò al centro della cucina e cominciò ad affettare con regolarità e ritmo costante il sedano.

TAC

TAC

TAC

Tre colpi secchi...

TAC

TAC

TAC

... poi svuotava il tagliere...

... e poi daccapo.

TAC

TAC

TAC

E in quella catena di montaggio si inserivano a tempo le parole di Biton.

«Vinpeel, stai rigando dritto!» *TAC*

«Sì, signor Biton». *TAC*

«Lo faccio per te, per farti crescere». *TAC*

«Lo so, signor Biton».

TAC

TAC

TAC

«E Doan?» *TAC*

«Scomparso, signor Biton». *TAC*

«Era ora. Hai fatto bene!» *TAC*

«Grazie, signor Biton».

TAC

Biton osservò per un po' Vinpeel affettare. *TAC*

Gli sembrava avesse davvero capito la lezione. *TAC*

«E con Mune?» *TAC*

«Con Mune cosa?» *TAC*

«Come va?» *TAC*

«In che senso?»

TAC

«Beh… la vai spesso a trovare, no?» *TAC*

«Non la vado a trovare». *TAC*

«Ah no?»

«No. Le porto da mangiare». *TAC*

TAC

Biton sorrise. *TAC*

TAC

TAC

TAC

«Può bastare» disse Biton guardando il sedano affettato. «Ora buttalo nella zuppa».

Il signor Biton era andato in sala e Vinpeel aveva smesso di affettare e si asciugava la fronte.

Poi aveva raccolto con le mani il sedano a dadini e si era avvicinato alla cucina.

E lì si era fermato.

Davanti a lui, sopra i fornelli, la piccola tenda della finestra svolazzava, sollevata dall'aria calda della zuppa che bolliva. Vinpeel aveva visto quella scena almeno mille volte, eppure quel giorno, e in quell'attimo, quella danza assunse per lui un significato diverso.

Improvvisamente a Vinpeel fu chiaro il perché di tutta la sua ostinazione a voler restare lì, in quella locanda, nonostante i rimproveri continui.

E quando Vinpeel disse «Mi scusi, ma devo proprio andare!», Biton lo rincorse fino alla porta della Locanba, questa volta sbraitando più del solito.

SEI

«… capito? Ero lì quando mi vedo questa tenda svolazzare in aria, proprio sopra la zuppa, capisci? Si sollevava e ricadeva, si sollevava e ricadeva, pareva danzasse, ti giuro, anzi sembrava proprio che mi stesse invitando a danzare insieme a lei…»

«Vinpeel…»

«… si alzava per via dell'aria calda che veniva su dalla pentola, ti è chiaro? Dalla pentola! Sai cosa vuol dire questo? Aria calda! Semplice aria calda! E tutto ciò mentre stavo facendo altro…»

«Vinpeel, perdonami…»

«… roba che se decidevo di mettermici, ci avrei sbattuto la testa all'infinito, senza venirne a capo. E invece quando meno te l'aspetti…»

«VINPEEL!»

Il ragazzo si era bloccato subito a quello strillo, pronto ad accogliere gli elogi di Mune per la sua sensazionale scoperta. Ma le parole di Mune furono altre.

«Perché hai del sedano in mano?»

Vinpeel si guardò le mani unite a scodella. Le aprì immediatamente facendo cadere i dadini a terra. Poi si pulì i palmi sui pantaloni.

«Scusami! La foga…»

«Ora ricomincia da capo, questa volta respirando, e nella maniera più semplice possibile».

«Possiamo volare via di qua!»

Mune lo guardò come se non avesse capito. Vinpeel riprese a parlare.

«Ti assicuro che è così! Possiamo sollevarci anche noi, come quella tenda, e danzare via da qui».

«Cioè possiamo andare via da Dinterbild?»

«Sì!».

Mune sentì le farfalle svegliarsi nello stomaco. Si fermò e iniziò a respirare.

«E questa, Vinpeel, cos'è?»

«È Gioia, Mune. Respirala più che puoi. Non ne va sprecato un solo istante».

Mune chiuse gli occhi e si lasciò trasportare. Vinpeel la guardava. Il suo sorriso era diventato accecante. Quando le farfalle se ne andarono, Mune rimase un po' ad ascoltarsi dentro, cercando le parole con cui avrebbe aggiornato il diario.

"Gioia"
è quella cosa che non c'è tempo di spiegare,
perché non ne va sprecato un solo istante.

«Vinpeel».

«Sì?»

«Come si fa ad andare via da qui?»

SETTE

«... fate finta che ci sia una tenda, ma molto molto più grande, ok?»

I tre ragazzini si erano riuniti ai piedi della collina, dietro il bosco. Si stringevano nei loro cappotti per il freddo che arrivava dal mare.

«Quanto grande?»

«Tipo... tipo la Locanba».

Doan e Mune si concentrarono per immaginarsela. Poi annuirono, facendo cenno d'aver capito.

«Bene. Ora fate finta che sotto ci sia moltissima aria calda».

«Quanta aria calda?»

«Tipo... tipo tutta l'aria che respirate in un mese».

Doan e Mune si concentrarono per immaginare tutta l'aria che respiravano in un mese. Poi fecero cenno d'aver capito.

«Bene. In questo modo la tenda si solleva in aria... e si può volare. Chiaro?»

Doan e Mune si concentrarono per immaginare la tenda grande come la Locanba sollevata da tutta l'aria che respiravano in un mese. Ma nessuno dei due fece cenno d'aver capito.

«Posso fare una domanda?»

«Dimmi, Doan» disse Vinpeel sfiduciato.

«Ma quanta zuppa Biton bisogna cucinare per far sollevare una tenda così grande?»

«Doan, te l'ho già detto, la zuppa non c'entra! Ci vuole l'aria calda!» sbottò Vinpeel.

Doan si grattò la testa, mentre Mune al suo fianco si arricciava i capelli.

«Non avete capito neanche stavolta?»

«Un po' più di prima» disse Mune.

«Già» ribadì Doan, «ma magari se ce lo rispieghi andrà meglio...»

Era stata Mune a spingere Vinpeel a rivedere Doan. Gli diceva che era importante che gli parlasse della sua scoperta e della possibilità di raggiungere l'Altrove. «In fondo, è il motivo per cui avete litigato, no?» aveva detto lei. «No» aveva risposto Vinpeel, «il motivo è che è uno stupido».

Doan inizialmente aveva fatto il difficile. Ma i due non ci avevano messo troppo a ritrovarsi, eccitati dalla possibilità di questa straordinaria avventura. Inoltre, per la prima volta, Doan aveva visto Mune e, soprattutto, Mune aveva visto Doan, rendendolo particolarmente accomodante.

«Doan, è la terza volta che ve lo spiego».

«Ma è difficile, Vinpeel! Non puoi usare il modellino?»

«Non ancora. Dobbiamo essere tutti»

Doan si riferiva alla palla di stoffa che gli aveva mostrato Vinpeel, e che aveva un'apertura sul basso. Vinpeel intanto si era messo a raccogliere altri ramoscelli con cui ravvivare il piccolo fuoco.

«Ma quando arriva questa persona? È un'ora che aspettiamo».

«Tra pochi passi» disse Vinpeel sorridendo.

Doan e Mune si voltarono e, dall'andatura, riconobbero Krisheb di ritorno dal mare.

Quando fu più vicino, Vinpeel lo chiamò e lo invitò a sedersi con loro per godersi quella meraviglia.

Vinpeel avvicinò la palla sopra il fuoco. Stette così per qualche istante, aspettando che si riempisse di aria calda, fino a quando, come animata, la palla si mosse, scivolandogli via dalle mani, verso l'alto.

Vinpeel, Krisheb, Mune e Doan la videro danzare nell'aria, sopra le loro teste.

«Urca» disse Doan.

«Porcatruzza» aggiunse Krisheb.

Rimasero impalati con le bocche spalancate a guardare in su, senza fiatare, come se ogni respiro potesse influire sulla rotta di quel sogno in volo. Una piccola palla di stoffa tirata da chissà quale filo invisibile, da chissà quale mano nascosta dietro chissà quale stella che richiama a sé ciò che gli appartiene, perché cose così splendide appartengono soltanto al cielo.

«Krisheb» disse Vinpeel, «possiamo farne una tanto grande da portarci via?»

OTTO

Krisheb tornò a casa, ripetendo all'infinito la parola *Porcatruzza*.

«Porcatruzza» pronunciò mentre saliva l'ultimo dei tre gradini all'ingresso. «Porcatruzza» mentre apriva la porta e «Porcatruzzissima» mentre entrava in casa. Poi, togliendosi il cappotto, si trovò a dover ammettere «Porcatruzza… una cosa folle…»

Salì al piano di sopra ma sentiva di aver lasciato qualcosa fuori di casa tirandosi la porta dietro.

Aprì la finestra e si affacciò. Il buio della sera aveva inghiottito il giardino e tutte le cianfrusaglie che conteneva. Sentiva bisbigliare.

«Chi è là?»

«Come, chi è là?»

«C'è qualcuno?»

«Certo. Siamo noi!»

«Noi chi?»

Krisheb sentì ridere. Più che una risata gli sembrò che qualcuno sghignazzasse e lo prendesse in giro.

Allora ridiscese al piano terra e uscì di nuovo.

«E voi, cosa ci fate qui?»

«Krisheb, siamo venuti insieme a te!» risposero Vinpeel e Doan mentre Mune continuava a ridacchiare.

«Ah, bene, Allora entrate».

Poco prima, sulla collina, mentre la piccola palla di stoffa veniva inghiottita dal cielo, Vinpeel aveva risvegliato Krisheb completamente rapito con il naso all'insù e gli aveva chiesto: «Possiamo farne una tanto grande da portarci via da qui?»

Krisheb lo aveva guardato mormorando tra sé «Un pallone... Un pallone pieno di aria calda... Lo vuoi riempire di aria calda... per volare... L'aria calda solleverà il pallone...»

«A me non sembra una cattiva idea» aveva detto Mune.

Krisheb aveva guardato i ragazzi.

«Non è cattiva. È pessima! Per avere tutta quell'aria calda ci vorrebbe un fuoco enorme... è da pazzi...»

«Appunto. Ci dai una mano o no?»

I tre avevano seguito Krisheb fino a casa sua, aspettando una risposta che andasse oltre quel "Porcatruzza" che aveva continuato a ripetere per tutto il tempo e che non sapevano se interpretare come un *sì,* come un *no* o come un *forse*

La casa di Krisheb era identica a come Vinpeel se l'era sempre immaginata quando ci fantasticava su. Più che a una casa, assomigliava a un'officina, al bizzarro laboratorio di un inventore che non si dà pace. Fogli scritti e disegnati, progetti minuziosi o appena abbozzati, strambe costruzioni, aggeggi misteriosi, arnesi lasciati in giro alla rinfusa.

Vinpeel prese un foglio, ci disegnò sopra tre omini e sopra a questi un'enorme palla. Lo indicò e chiese: «Allora?»

Krisheb guardò tutti e tre pendere dalle sue labbra. Rise, si lisciò la barba e disegnò un altro omino sul foglio prima di dire «Ho bisogno di un cesto davvero grande, funi resistenti e una montagna di stoffa di seta!»

NOVE

Vinpeel, Doan e Mune non ci misero troppo a trovare quanto richiesto da Krisheb, e l'indomani mattina erano già da lui.

Mune aveva legato insieme i cestoni del bucato di Lady Sawen, Doan era riuscito a prendere alcune funi dalle luminarie che Padre Earl aveva preparato per la Festa della Merla, Vinpeel si era rifornito direttamente alla Locanba prendendo tutte le tovaglie di seta che era riuscito a trovare.

Appena arrivarono, Krisheb li portò nella soffitta, in quello che lui stesso definì con orgoglio "lo studio", ma che in realtà non si distingueva per niente dal resto della casa. Anche lì la stessa concentrazione di cianfrusaglie e chincaglierie. L'unica differenza stava nell'enorme finestra ad arco che occupava tutta una parete e illuminava la stanza.

Dopo aver scavalcato prototipi e schivato trabiccoli che penzolavano dal soffitto, Krisheb mostrò loro dove appoggiare le cose che avevano portato. Terminate le operazioni, i quattro si sedettero sul pavimento.

Doan aveva un pensiero che gli ronzava nella testa dalla sera prima e approfittò di quel momento di calma per levarselo di torno.

«Krisheb, è vero quello che si dice a Dinterbild?»

«A Dinterbild si dicono parecchie cose» fece lui, posando le stampelle.

«Che hai perso la gamba perché hai provato ad andare via di qua, e che per questo sei diventato un po'...»

Vinpeel fece cenno a Doan di stare zitto, ma Krisheb lo anticipò.

«Un po' matto?»

«Una cosa del genere» rispose Doan.

«Tutto vero» disse Krisheb serissimo. «Ho provato ad andar via e ho perso la gamba. Quella vera intendo. Volete sapere il perché?»

I tre ragazzini si protesero in avanti.

«A Dinterbild nessuno può sognare» iniziò Krisheb. «Si chiudono gli occhi e si riaprono il giorno dopo...»

«Che significa quello che hai detto?» lo interruppe Vinpeel.

«Cosa?»

«Sognare».

Krisheb ci pensò su un momento.

«Vediamo... sognare... sognare è come vivere due volte. Una vita per quando sei sveglio e una per quando dormi».

«...»

«Di notte, quando ti addormenti, è come se iniziasse una nuova vita. Però molto diversa».

«Perché?»

«Perché può succedere qualunque cosa».

«Davvero?»

«Sì. Si possono avverare i tuoi desideri, ad esempio...»

«Quindi io potrei sognare di trovare la mia nuvola?» esclamò Doan entusiasta.

«E io di raggiungere l'Altrove?» gli parlò sopra Vinpeel.

«Sì, potreste» rispose Krisheb.

«Però potete anche sognare le cose brutte...» li interruppe Mune.

Vinpeel e Doan si voltarono verso di lei, perdendo un po' di entusiasmo.

«Cioè?» fece Doan.

«Le cose di cui avete paura» spiegò Mune.

«Sì. Ha ragione» continuò Krisheb. «E comunque al vostro risveglio non cambierebbe nulla. Non avrete trovato la vostra nuvola né raggiunto l'Altrove».

A Vinpeel e Doan l'entusiasmo si spense del tutto.

«E allora a che serve sognare...» fece Doan.

«Già» gli fece eco Vinpeel, «È per questo che a Dinterbild non sogna nessuno?»

«Quando sogni, ai sogni si impastano i desideri, le paure e, soprattutto, i ricordi» rispose Krisheb, «E a Dinterbild nessuno vuole ricordare».

«E tu allora perché ti sei messo a sognare?»

Krisheb sorrise, e una punta di amarezza gli affiorò tra le labbra.

«Non l'ho deciso. Mi è capitato. All'inizio era qualcosa di confuso, ma ogni notte si aggiungeva un tassello. Così iniziai a ricordare il perché ero scivolato qui, l'occasione che avevo perso per essere felice. Era come se una piccola parte di me si fosse rifiutata di cancellare quel ricordo e lo volesse ancora con sé. E così decisi di ingegnarmi per andare via da Dinterbild. Non volevo arrendermi. Volevo tornare indietro. Volevo provare ancora a essere felice».

I tre ragazzini ascoltarono quelle parole in silenzio. Vedevano che Krisheb soffriva nel pronunciarle e non sapevano cosa dire. Poi Doan si schiarì la voce.

«E perché saresti matto?»

Ancora una volta Vinpeel gli fece cenno di stare zitto.

«Perché per gli abitanti di Dinterbild è inconcepibile andare via, è una cosa che non riescono a pensare. Fuori da Dinterbild non c'è nulla».

«Ed è così?» chiese Vinpeel.

Krisheb si alzò e, tenendo le mani dietro la schiena, si avviò verso il finestrone di vetro.

«Credo di no. Credo che lì fuori ci sia ancora tutto. Ma non so se sia davvero possibile tornare indietro».

Nessuno disse altro, c'era solo il rumore del vento tra gli alberi, e per la prima volta Vinpeel non si sentì solo in quel silenzio.

«Ed ora, miei cari, lasciatemi lavorare».

«Quanto ci vorrà?» chiese Vinpeel.

«Non molto. A occhio e croce qualche ora. Stasera dovrebbe essere tutto pronto».

«E quando dobbiamo tornare?» fece Doan.

«Quando accendo e spengo tre volte la luce».

Krisheb indicò un enorme faro puntato verso il finestrone.

Una volta usciti, Doan propose di andare a guardare le nuvole.

«Non posso, Doan. Devo andare ad aiutare Biton e fare le prove con l'orchestra. Domani è la Festa della Merla».

Vinpeel vide l'amico andar via saltellando allegro come non lo aveva mai visto e, mentre si allontanava, sentì Mune avvicinarsi e porgergli il quaderno. Voleva che le scrivesse quello che sentiva in quel momento.

"Speranza"
è quando vuoi che qualcosa accada.
Ma lo devi volere davvero tanto affinché accada davvero.

DIECI

«Forza signori! Tutti in riga!»

Selmer sbraitava nella sala della Locanba, deciso a ispezionare gli abiti della *Grande Orchestra di Fiati*. Tutto doveva essere in ordine per il concerto dell'indomani.

«Dritti con le schiene e alti con il mento, inteso?»

I musicisti ubbidirono all'istante, affrettandosi ad allinearsi su un lato della sala.

Selmer camminava avanti e indietro, squadrandoli dall'alto verso il basso.

«Accidenti, Tick! Perché hai della segatura sulle scarpe?»

«Segatura? Scusa Selmer, ero convinto…»

«Dannazione! Non sei mica un falegname che…»

«Ma io sono un falegname!»

«Non qui! Qui sei un musicista! Inteso?»

«Un musicista, sì…»

«E i musicisti hanno le scarpe pulite!»

Vinpeel si era messo in riga insieme agli altri, anche se il vestito gliel'avrebbero dato il giorno dopo.

«Resta comunque. Ci servi per fare gruppo» gli aveva detto Selmer.

In realtà Vinpeel si era completamente dimenticato dell'ispezione degli abiti ed era andato alla Locanba convinto di dover dare una mano al signor Biton che, nel frattempo, ringhiava dalla cucina perché non trovava le tovaglie di seta per apparecchiare i tavoli.

«Del, che fine ha fatto il tuo cappello?»

«…»

«Del! Il cappello!»

«Selmer lui non…» intervenne Gustav.

«Lo so benissimo che parla poco, Gustav! Ma me lo può spiegare anche con una parola!» continuò Selmer fissando Del.

«Dimenticato» fece Del, con aria mortificata.

«Domani ci servi con il cappello. Non me lo far ripetere».

Selmer riprese a muoversi avanti e indietro, continuando a ispezionare ogni particolare.

«Fros, riesci a respirare in quella camicia?»

«Perché?»

«Mi sembra un po' stretta».

«Ho… ho preso qualche chilo, lo ammetto…»

«Stai attento a dove punti quei bottoni. Se saltano potresti ferire qualcuno!»

Selmer rise sguaiato, e tutti gli altri si sentirono in dovere di fare lo stesso.

«Ok, ispezione finita. Potete cambiarvi. Per domani una sola raccomandazione: nei vostri strumenti soffiate prima il sentimento e soltanto dopo l'aria. Inteso, Tick?»

«Inteso».

«Un'ultima cosa prima di andare via. Quest'anno ci sarà una sorpresa durante la festa. Il signor Alton ha deciso di coinvolgere la nostra onorata formazione musicale nel suo spettacolo pirotecnico per un esperimento mai tentato prima».

Alla frase "un esperimento mai tentato prima", i musicisti si irrigidirono. Non tanto per la frase in sé, ma perché cominciava con "il signor Alton". Rimasero bloccati a mezz'aria, chi con la maglia sulla testa, chi con una gamba sollevata, chi con i pantaloni alle caviglie.

«Quest'anno realizzeremo il primo spettacolo piro-musicale!» aggiunse Selmer entusiasta, scandendo ogni parola per dare maggiore enfasi.

Tutti nella sala esultarono tiepidamente. Soltanto Tick, con ancora in testa la maglietta, ebbe il coraggio di parlare.

«Cosa sarebbe precisamente uno spettacolo "piro–musicale"?»

«Domanda lecita. È uno spettacolo che unisce i fuochi d'artificio alla musica. Quest'anno non sarò io a dirigervi, ma... i botti!»

Tutti nella sala si guardarono con aria interrogativa. Soltanto Tick, che si era finalmente tolto la maglietta, ebbe di nuovo il coraggio di parlare.

«Selmer... i botti... in che senso?»

«Il signor Alton ha predisposto il suo spettacolo come se fosse uno spartito musicale. Ci saranno dei botti a intervallo continuo, bum – bum – bum, che saranno il vostro metronomo e vi daranno il tempo, e su questi il signor Alton disegnerà i suoi meravigliosi fuochi in base alla musica».

«Finalmente arriveremo alla fine di un brano...» sussurrò Fros, facendo sghignazzare tutti i musicisti.

«Cosa hai detto, Fros!?» chiese Selmer.

«Io? Nulla».

«Meglio così» lo fulminò Selmer.

I passi del signor Biton si avvicinarono dalla cucina.

«Gente, è tardi. Oggi la signora mi ha chiesto di chiudere prima» disse Biton indicando la moglie al piano di sopra.

«Nessun problema. Avevamo finito» rispose Selmer. «Forza ragazzi! Sarà stu-pe-fa-cen-te!»

I musicisti esultarono con poca convinzione e si avviarono fuori. Vinpeel li seguì, quando a un certo punto si videro tre piccoli lampi tagliare la notte.

«Avete visto?»

«Venivano dalla casa di Krisheb».

UNDICI

Vinpeel, Mune e Doan trovarono Krisheb davanti alla porta di casa. Li accompagnò nello studio dove un enorme telo penzolava dal soffitto a cupola. Krisheb si avvicinò a una fune con fare cerimonioso.

«Siete pronti?»

I tre ragazzini annuirono, con il naso all'insù.

Krisheb diede uno strappo alla fune e fece cadere il telo.

All'inizio i tre ragazzini non videro nulla. Poi abbassarono lo sguardo e a terra videro i cesti di Lady Sawen da cui partivano le funi delle luminarie di Padre Earl che si legavano alle tovaglie del signor Biton che erano state cucite tra loro.

«Allora, vi piace?» chiese Krisheb.

Di fronte a quell'aggeggio così raffazzonato i tre riuscirono a fatica a nascondere la loro delusione.

«B... bello...» disse Vinpeel.

«Urca...» aggiunse Doan sforzandosi di sorridere.

Passarono alcuni secondi di imbarazzo, interrotti dalla voce di Mune.

«Che cosa sarebbe?»

«È un Pallone Volante!» esclamò Krisheb.

Passarono altri secondi di imbarazzo, interrotti questa volta dalla voce di Doan.

«Ehm... e se è Volante perché non vola?»

«Perché manca l'aria calda» disse Krisheb.

«Ah, ecco» commentò Doan.

Krisheb fece un giro su quelle facce scettiche prima di iniziare a spiegare.

«Ma non dovete vederlo così. Ora è a riposo. Allora, voi starete qui dentro» indicando i cesti di Lady Sawen «Ok? Dovete immaginare questa parte qui che si inizia a gonfiare, a gonfiare, sempre di più» indicando le tovaglie cucite insieme «fino a diventare enorme, ok? E sale sempre più su fino a trovarsi proprio sopra al cesto. Poi, quando è bella gonfia e tirata» prendendo una fune e sollevandola «il cesto si stacca da terra e voi... voi iniziate a volare!»

Finalmente Krisheb vide apparire sui volti dei tre ragazzini quell'espressione di stupore che aspettava già da qualche minuto.

«E come si guida?» fece Doan.

«Non si guida. Si segue la corrente».

«E se la corrente va in un'altra direzione?»

«Perché, avete una direzione precisa?»

Doan e Mune si guardarono.

«Ci basta andar via di qua» disse Mune.

«Appunto» sottolineò Krisheb, soddisfatto.

«E ora che bisogna fare?» chiese Doan, tutto eccitato.

«Trovare l'aria calda» rispose Krisheb.

«E come?»

«I calcoli parlano chiaro. Dobbiamo preparare un enorme fuoco. Tagliare tronchi, rami...»

«Li troveremo nel bosco! È pieno lì!» suggerì Doan.

«Sì, esatto. Poi dobbiamo metterli tutti insieme, in un'unica catasta nascosta...»

«Perché nascosta?» chiese Mune.

«A Dinterbild non devono sapere nulla. La giudicherebbero una follia e ci fermerebbero» rispose Krisheb.

Doan e Mune annuirono, mentre Vinpeel ascoltava in disparte, come se qualcosa non gli quadrasse.

«E poi?» chiese Doan.

«E poi basta. Bisogna aspettare un giorno particolarmente freddo».

«Perché?»

«Perché ci permetterà di sfruttare meglio il calore».

Allo stupore, sulla faccia dei ragazzini, si sostituì un'espressione perplessa.

«Ciò che fa volare il Pallone Volante, più che l'aria calda, è la differenza che c'è tra la temperatura dentro il pallone e quella che c'è fuori».

A quel punto Vinpeel intervenne, mal celando un certo nervosismo.

«Ma il giorno più freddo dell'anno non è domani? Quando c'è la Festa della Merla?»

«Secondo la tradizione, sì», rispose Krisheb.

«E come facciamo a preparare tutto per domani?»

Krisheb si lisciò la barba.

«Domani? Nessuno ha parlato di domani, Vinpeel. Sarebbe un tempo irragionevole».

«E allora quando si potrà partire?» lo incalzò Vinpeel.

«Vediamo.... ci vorrà qualche mese per preparare la legna... poi dobbiamo aspettare che torni l'inverno... a occhio e croce... tra un anno...»

«Cosa?» urlò Vinpeel. «Non se ne parla! È troppo tardi!»

Krisheb si guardò intorno, disorientato.

«Perdonami, Vinpeel. Credo di non aver capito. Troppo tardi per cosa?»

«Tra un anno Mune potrebbe aver dimenticato tutto!»

Doan, Mune e Krisheb fissarono Vinpeel, che nel frattempo si era messo in piedi e spostava il peso da una gamba all'altra.

«Non ci sono altre soluzioni...» disse Krisheb.

«Dobbiamo partire domani!» insistette Vinpeel.

«E l'aria calda?» chiese Doan.

«Useremo il falò della festa» replicò Vinpeel.

«È troppo piccolo» intervenne Krisheb. «Non basterà, i calcoli parlano...»

«Ci penserò io a farlo più grande!» lo interruppe Vinpeel.

Krisheb fissò negli occhi Vinpeel. E capì che non gli avrebbe fatto cambiare idea.

«Al diavolo!» esclamò abbassando lo sguardo, disarmato da quella testardaggine. «Ammesso che tu riesca a fare un fuoco così grande, anche se continuo a dirti che è impossibile, come lo portiamo il Pallone Volante senza che nessuno se ne accorga? E come facciamo a tenerlo dritto mentre si riempie d'aria senza una struttura?»

Vinpeel pensò un attimo prima di parlare.

«Tu sei l'unico in tutta Dinterbild che ci ha creduto e provato. Sei tu l'unico matto capace di sognare. Noi vogliamo soltanto andar via».

Krisheb guardò Vinpeel, poi Doan e infine Mune. Lasciò che i suoi occhi abbracciassero lo studio intero e tutto ciò che conteneva. Ogni cosa lì dentro era la traccia di un desiderio mai realizzato, di una speranza interrotta, di un sogno ad occhi aperti. Guardò lo spazio dove una volta c'era la sua gamba, e gli sembrò di sentire quel piccolo soffio che fa la marea prima di arrivare.

«Voi penserete al fuoco. Io penserò a tutto il resto. Ora aiutatemi a trasportarlo prima che faccia giorno».

DODICI

I tre ragazzini trasportarono il Pallone Volante fino alla piazza e, mentre lo coprivano con la terra battuta per nasconderlo, Krisheb nel suo studio rimise in sesto alcuni argani che sarebbero serviti per il giorno dopo.

Vinpeel rientrò a casa che era notte fonda. Suo padre aveva già affidato alle onde la sua bottiglia e stava mettendo in ordine le conchiglie che aveva raccolto.

Quasi non si accorse di Vinpeel che, dopo aver chiuso la porta, gli si avvicinò.

«Trovato qualcosa di interessante?»

«Qualcosina sì» rispose Ned Bundy

Vinpeel si guardò intorno. C'erano conchiglie dappertutto. Continuavano ad aumentare sera dopo sera, storia dopo storia. Per la prima volta pensò che quelle conchiglie un giorno li avrebbero seppelliti.

«Domani suono in piazza. C'è la festa».

«Sì. Me l'hai detto. Bravo».

«Verrai?»

Vinpeel glielo chiese con timore.

«Non credo. Sai che non mi piacciono le situazioni affollate. Poi mi racconterai».

Vinpeel incassò il colpo. Ned Bundy colpiva senza accorgersene. Per questo Vinpeel non provava rabbia nei suoi confronti, ma solo dispiacere.

«Certo papà».

Vinpeel uscì di nuovo. Passeggiò sulla spiaggia, in quella che sentiva poter essere l'ultima sera con suo padre. Avrebbe voluto parlargli, dirgli del Pallone Volante, dell'Altrove, e allora fece come sempre.

… ciao papà, mi senti?

… un Pallone Volante…

… e allora ho colpito Doan…

… le ho insegnato la Gioia…

… quella tenda pareva danzare…

… domani vado via, verso l'Altrove…

… non appena accenderanno il falò…

… un grande fuoco…

… ti voglio bene…

… il tuo Vinpeel.

#4

PUNTUALITÀ, DISCREZIONE E CORTESIA

L'ormai ex Direttore Manoj Kurian apprese la notizia dal giornale.

Aveva appena finito di sorseggiare il tè preparatogli da Isabela Pilar, la sua nuova compagna, comodamente seduto sulla terrazza di un albergo di Praia quando, leggendo il titolo dell'articolo, pensò "Davvero un colpo di fortuna".

L'articolo parlava del cargo su cui, il giorno prima, lui e Isabela stavano viaggiando. Diceva che la nave si era inabissata al largo di Capo Verde, dove loro erano sbarcati appena due ore prima dell'accaduto."

Lo avevano deciso così, con un colpo di testa, di lasciare la nave e rifarsi lì una vita insieme, lasciandosi alle spalle tutto e tutti.

Si erano conosciuti durante il viaggio mentre attraversavano l'Oceano Indiano, e si erano innamorati subito dopo che Isabela, assicuratrice alle prime armi, gli aveva proposto la stipula di una polizza sulla vita. Da allora i due erano diventati inseparabili.

Mentre leggeva il giornale, Manoj Kurian non poteva sapere che proprio in quel momento, dall'altra parte del mondo, e più precisamente nell'ufficio postale di Mumbai, stavano svelando una targa in suo onore che recitava *Al Direttore Manoj Kurian, per averci insegnato PUNTUALITÀ, DISCREZIONE E CORTESIA*, accompagnata dal lungo e commosso applauso di tutti i suoi dipendenti che avevano da poco appreso la notizia della sua morte.

Arrivato a circa metà articolo, l'ormai ex Direttore si fermò un momento per uno strano bruciore allo stomaco. Poi, quando riprese a leggere, si disse che "Era destino" pensando al pacco che avrebbe dovuto consegnare e per cui era partito, e che ora risultava disperso insieme a tutto il carico.

Poche settimane prima, l'ancora Direttore Manoj Kurian l'aveva trovato con sopra la seguente scritta:

Dispiace avvisarvi morte prematura di Juanito Calderon
Eccovi la sua gamba di legno
Era un ragazzo davvero molto buono
(E anche molto tenero)
Firmato
i suoi "Hermanos Italianos"

Più leggeva quelle parole, più dentro gli si apriva una crepa. E non tanto per quello che il pacco diceva (Manoj Kurian, infatti, non capiva nulla di italiano) ma per la data di spedizione, risalente a ben trent'anni prima.

Manoj Kurian non riusciva a spiegarsi come fosse accaduto un fatto del genere: in oltre quarant'anni di sua onoratissima direzione, mai e poi mai un pacco era arrivato in ritardo. Neanche di un minuto. Figuriamoci di un trentennio!

Manoj era rimasto in silenzio, mentre valutava il da farsi, prima di prendere la sua decisione: assumersi tutte le responsabilità del caso, andandosi a scusare di persona.

Era tornato, quindi, al piano di sopra dell'ufficio postale e, tra gli sguardi attoniti dei suoi dipendenti, aveva preso la sua giacca.

L'aveva indossata come se niente fosse, dopo aver scrollato via la polvere accumulata.

La voce era corsa rapida per tutto lo stabile, «Il Direttore si è messo la giacca» urlavano, «Il Direttore si è messo la giacca» e nessuno sapeva come comportarsi: qualcuno si mise sull'attenti, qualcun altro corse in bagno per l'emozione, altri ancora proposero di indire per quel giorno una ricorrenza speciale.

Erano passati infatti quarant'anni dall'ultima volta in cui il Direttore aveva indossato quella giacca. Da allora l'aveva lasciata lì, all'ingresso dell'ufficio, ed era diventata un esempio di abnegazione e dedizione al lavoro per tutto il personale visto che Manoj, per tutti quegli anni, non aveva più messo piede fuori da lì.

Una volta indossata la giacca, aveva comunicato ai suoi dipendenti: «Torno subito. Il tempo di andare in Patagonia e tornare» per poi aggiungere, proprio sulla porta: «Mi raccomando. Puntualità, discrezione…»

"«.. e cortesia!» risposero tutti in coro.

Nessuno poteva immaginare quello che sarebbe accaduto poche settimane dopo e che avrebbe commosso i giornali di mezzo mondo.

Il cargo che faceva la tratta Mumbai-Rio de Janeiro si era inabissato all'improvviso, trascinando con sé i quindici membri dell'equipaggio, la corrispondenza di una settimana tra Oriente e Sud America, oltre ai due passeggeri Manoj Kurian, Direttore dell'Ufficio Postale di Mumbai, e la nota serial killer inglese Agnes Wright, ricercata in tutto il mondo per i suoi diciotto omicidi accertati e imbarcatasi sotto il falso nome di Isabela Pilar.

Fu qui che l'ormai ex Direttore Manoj Kurian, mentre leggeva il giornale sulla terrazza di un albergo di Praia, ebbe un sussulto, a cui seguì l'esclamazione "Oh mio Dio".

L'articolo si chiudeva citando il suggestivo soprannome di Agnes Wright, detta *La Mantide*, perché prima seduceva le proprie vittime e poi le avvelenava con una tazza di tè, al fine di incassare le loro assicurazioni sulla vita.

Quest'ultima parte, però, Manoj Kurian non fece in tempo a leggerla, essendo ormai già stramazzato al suolo, portandosi dietro la sua tazza di tè, la sua puntualità, la sua discrezione, e la sua cortesia.

PARTE QUINTA

UNO

Non era ancora il tramonto e Dinterbild era già illuminata a festa. La piazza era un via vai di persone impegnate con gli ultimi preparativi.

Tick aveva appena inchiodato le ultime assi del palco dove avrebbe suonato la banda, Biton stava finendo di sistemare i tavoli controllando ossessivamente il sale della zuppa, la signora Witt aveva allestito il banchetto con i suoi dolci, Alton continuava a fare avanti e indietro ispezionando i fuochi d'artificio, Del e Fros guardavano soddisfatti la catasta di legna che avevano appena finito di raccogliere, Gustav spazzava le cartacce e le ultime foglie da davanti ai portoni.

In mezzo a tutto quel trambusto Vinpeel, Doan e Mune se ne stavano nascosti dietro la Fontana dei Pesci.

«Ma quanto ci mette?» fece Vinpeel.

«Non lo so. Tu pensa a ripassare» rispose Doan.

Mune, annoiata, giocherellava con i lacci delle scarpe.

«*Ego te absorto…*»

«*Absolvo*!» esclamò Doan, mentre controllava sul foglio che le parole di Vinpeel fossero esatte.

«*Ego te absolvo in nomine…*»

«No, Vinpeel. Hai saltato un pezzo. *Ego te absolvo a peccatis tuis…*»

«*Ego te absolvo a peccatis tuis in nomine... in nomine...* com'era?»

Doan sospirò e la rilesse per l'ennesima volta.

«*Ego-te-absolvo-a-peccatis-tuis-in-nomine-Patris-et-Filii-et-Spiritus-Sancti-Amen.* È un fatto di ritmo Vinpeel. Devi dirlo senza pensarci. *Ego-te-absolvo-a-peccatis-tuis-in-no...*»

«Eccolo!» lo interruppe Vinpeel, indicando Padre Earl.

Doan e Mune gli si fecero più vicini, e tutti e tre iniziarono a spiare quanto accadeva di fronte alla Chiesa.

Padre Earl era appena uscito e stava raggiungendo Krisheb che lo aspettava seduto su una panchina. Krisheb l'aveva mandato a chiamare dicendo che aveva urgente bisogno di parlargli.

«Di preciso cos'è che doveva dirgli?» bisbigliò Mune.

«Che teme di essersi smarrito lungo il cammino che porta a Dio. O qualcosa del genere».

Padre Earl era molto sensibile a quella faccenda del cammino che porta a Dio e gli provocava una soddisfazione particolare occuparsi delle pecorelle smarrite. Lo stesso Padre Earl giudicava Krisheb un "senza Dio, intriso di un pericoloso laicismo senza alcuna spiritualità".

Krisheb si era messo in faccia un'espressione remissiva e aveva cominciato a parlare a Padre Earl che lo ascoltava con serietà e partecipazione.

«E ora che succede?» chiese Doan.

«Tra poco Krisheb gli chiede di poter fare con lui una passeggiata, per parlare di pentimento e fede» rispose Vinpeel.

«E noi?» continuò Doan.

«Appena si allontanano, entriamo in Chiesa».

DUE

Il pomeriggio della Festa della Merla la Chiesa di Dinterbild era affollata per via delle confessioni. La sera c'era la messa e tutti volevano prendere l'ostia per non alimentare pettegolezzi in paese.

Vinpeel, Mune e Doan sgattaiolarono dentro non appena Padre Earl e Krisheb si furono allontanati.

Nella navata laterale si era già formata una lunga fila di fedeli che aspettavano il ritorno di Padre Earl. Vinpeel si avvicinò alla piccola entrata sul retro del confessionale e scivolò dentro insieme a Doan, mentre Mune avvisava i fedeli che Padre Earl era tornato e che ora potevano riprendere le confessioni.

«Vinpeel» chiese Doan nel buio del confessionale, «ma cosa vuoi fare di preciso?»

Vinpeel gli mise una mano davanti alla bocca e fece scorrere il pannello della grata. Dall'altro lato c'era la signora Alton inginocchiata.

«In nomine Patris et Filii et Spiritus Sancti» fece Vinpeel, con tono sicuro.

«A... amen» rispose la signora Alton.

«Mi scusi per la voce, sorella, sono raffreddato. Allora reciti un Padre Nostro e...»

«Ma... Padre Earl. Io non le ho ancora confessato nulla».

«Non si preoccupi. I suoi peccati sono piccoli di fronte alla misericordia di Dio. Reciti un Padre Nostro e glorifichi il Signore compiendo un'opera pia per la comunità».

«Va... va bene...»

«Alimenti il falò della festa con quanta più roba le è possibile. Cartoni, carte, cartacce, pezzi di legno, rami secchi, mobili rovinati, avanzi di ogni genere e forma, insomma qualsiasi cosa che trova in cantina, la butti nel falò».

Ci fu un attimo di silenzio.

«Padre Earl, è sicuro di quello che dice?»

«Sicurissimo, sorella. Ora può andare nella Gloria del Signore. Ego te absolvo a peccatis tuis in nomine Patris et Filii et Spiritus Sancti».

«Non dico neanche l'Atto di dolore?»

«C'è troppa fila» le bisbigliò Vinpeel. «E ci sono peccatori che hanno urgente bisogno di essere assolti per cose che non può neanche immaginare. Lei a confronto è una santa, mi creda. Vada senza problemi».

La signora Alton annuì. Si fece il segno della croce e si allontanò squadrando una a una le persone ancora in fila. Doan era incredulo.

«E questo sarebbe il tuo piano?» disse sottovoce.

«Sì» rispose Vinpeel, candidamente.

«Ma è da svitati!»

«In nomine Patris et Filii et Spiritus Sancti» disse Vinpeel al secondo fedele che si era appena inginocchiato.

«Amen»

«Reciti un Padre Nostro e glorifichi il Signore compiendo un'opera pia per la sua comunità. Contribuisca al falò della festa di stasera con tutto quello che trova in casa, mi raccomando».

«Ma...»

«Non perda tempo, fratello, e vada in pace. Amen».

«Ma non eri tu quello che non voleva peccare per paura dei Cavalieri dell'Apocalisse?» riprese Doan.

«Sì, ma questa è una emergenza».

«E continuerai così con tutti quelli che si verranno a confessare?»

«Almeno fino a quando non torna Padre Earl per dire messa. In nomine Patris et Filii et Spiritus Sancti. Amen. Reciti un Padre Nostro e...»

TRE

Ned Bundy sentì suonare in lontananza le campane della chiesa mentre passeggiava sulla spiaggia. La messa era finita e tra poco a Dinterbild sarebbe cominciata la festa.

Anche quella sera aveva affidato una bottiglia alle onde del mare e si era messo a cercare sulla sabbia la sua conchiglia, quella che portava dentro il rumore di una notte di tanti anni prima.

Quando iniziarono i primi fuochi d'artificio si era già riempito le tasche con la storia di un naufragio, di un Natale finito male e di un altro abitante di Dinterbild.

A volte capitava anche questo.

Perché il mare è come una spugna, e prima o poi dentro ci vanno a finire tutte le storie del mondo, anche quelle che sembrano non entrarci nulla.

Ned Bundy stava rientrando a casa ma il mare che si colorava di verde, rosso e giallo in base agli umori del signor Alton, lo convinse a restare ancora un po'. Respirava l'odore di quella notte gelida, quando l'occhio gli cadde su una conchiglia.

Ned Bundy si fermò a guardarla. Non aveva niente di diverso da tutte le altre, solo un guscio che cambiava colore al ritmo degli scoppi. Si chinò per raccoglierla. La pulì dai granelli di sabbia che si erano incastrati dentro e la avvicinò all'orecchio. Lo fece come aveva fatto mille volte, quasi arreso e senza più nessuna curiosità, ma questa volta fu diverso.

(... papà...)

All'inizio non capì. La premette più forte contro l'orecchio e lentamente sentì quella voce affiorare (... *papà sono Vinpeel...*). Rimase ad ascoltare mentre la notte gelida brillava di colori e le onde portavano il conto di tutti gli attimi che il mondo aveva vissuto fino ad allora. (... *mi senti?...*). Ned Bundy ascoltò fin quando la voce di suo figlio non si spense. Posò la conchiglia con delicatezza sulla spiaggia e si diresse verso un'altra. Non l'aveva ancora vista ma sapeva che era lì, per lui. (... *le nuvole di Doan...*) Desideri, paure, piccole storie del mondo di Vinpeel (... *pareva danzare...*). Poi ancora un'altra conchiglia, e poi un'altra ancora. (... *una luce nel cielo...*).

Ned Bundy iniziò a cercarle, a prenderle e ad ascoltarle, come se stesse sfogliando le pagine di un diario. Sapeva esattamente dove trovare la conchiglia successiva perché tutte erano legate da un filo invisibile che solo adesso gli riusciva di vedere.

Seppe di Mune, di Doan, di Krisheb, delle nuvole, e più ne trovava più aveva voglia di trovarne. Seppe di Dorothy, del Pallone Volante, di Padre Earl. Seppe dell'Altrove, del piano per andare via da Dinterbild. E fu in mezzo alle pagine di quella storia che Ned Bundy, per la prima volta in vita sua, pianse. (... *domani vado via...*). E pianse. (... *papà?...*). Pianse per ciò che stava ascoltando e pianse per ciò che, distratto dal proprio dolore, non aveva mai avuto il tempo di ascoltare. (... *papà mi senti?...*). Pianse per sé, per Vinpeel, (... *sono io...*), per quella notte meravigliosa illuminata da mille luci (... *ti voglio bene...*) che una volta esplose in cielo sembravano dovessero colare sopra Dinterbild come vernice colorata (... *ciao...*).

Ned Bundy posò l'ultima conchiglia quando l'ultimo scoppio rimbombò nell'aria.

QUATTRO

Quando le campane suonarono a festa, le porte della chiesa si spalancarono e gli abitanti di Dinterbild si riversarono fuori. Tutti erano impazienti di cominciare i festeggiamenti ma, appena videro la piazza, si fermarono sui gradini della chiesa.

Padre Earl, ancora sul pulpito, vedendo la folla bloccarsi, pensò allo stupore che le luminarie avevano suscitato. Si voltò verso l'altare e strizzò l'occhio al crocifisso sussurrando: «Ottimo lavoro».

In realtà, il motivo di quella meraviglia era un altro.

La gente di Dinterbild si era trovata davanti una catasta di legna mai vista. Era talmente grande che la Fontana dei Pesci e il palco della Banda impallidivano messe lì vicino.

Del e Fros, prima che la messa cominciasse e mentre davano un'ultima sistemata alla legna, si erano trovati ad accogliere una processione di persone che volevano aggiungere altro materiale per il falò. I due avevano provato a dire che ormai era tardi e che il fuoco sarebbe stato già grande così, ma quelli avevano insistito come fosse di vitale importanza.

Krisheb e Doan, che durante la messa si erano arrampicati sul tetto della Locanba, si goderono lo stupore di quei volti mentre sistemavano, attenti a non farsi vedere, gli argani che avevano portato e le funi attaccate al Pallone Volante nascosto sul lato della piazza sotto la terra battuta.

Quando la folla ritornò in sé e cominciò a posizionarsi tra i tavoli e vicino al palco, Vinpeel indossò il vestito di due taglie più grande e si unì al resto della Banda.

Ogni tanto guardava il tetto della Locanba per poi girarsi verso Mune in prima fila che sorrideva. Era tutto un vociare di persone e un'eccitazione incontenibile per la festa.

Il brusio cessò quando sul palco salì il giudice Morel per il discorso istituzionale.

«Cari concittadini di Dinterbild, buonasera. Sono lieto di presenziare a questa bellissima manifestazione. Prima di illustrarvi il programma della serata volevo ringraziare gli sponsor che hanno reso possibile anche quest'anno la realizzazione dell'evento: la falegnameria *Chiodo Scaccia Chiodo* di Tick Morris, la *Locanba Biton* e la *Pirotecnica Alton*. Inoltre volevo ringraziare Padre Earl per le sue luminarie, e colgo l'occasione per augurargli una pronta guarigione dal brutto raffreddore che si è beccato. Ora passo a illustrarvi il programma della serata. Inizieremo ovviamente dall'accensione del falò che mi onoro anche quest'anno di fare personalmente. Lo spettacolo poi sarà *stu-pe-fa-cen-te.* Si tratta di un esperimento mai tentato prima. Posso solo anticiparvi che si tratta del primo spettacolo piro-musicale mai realizzato...»

Un mormorio serpeggiò lungo la folla tra gli "Speriamo bene", i "Prepariamoci al peggio" e i "Che Dio ce la mandi buona".

«... durante il quale verranno proposti due brani, un corale per messa e la marcia scritta dal nostro Direttore Selmer intitolata *Dinterbild dalle verdi foglie*. Ad accompagnare il Direttore ci sarà uno dei nostri orgogli cittadini: la Banda di Dinterbild!»

«Grande Orchestra di Fiati» sibilò Selmer all'orecchio del giudice Morel.

«Meglio conosciuta come la *Grande Orchestra di Fiati* di Dinterbild!» si corresse subito il giudice Morel prima di continuare. «A seguire, tutti ad assaporare le frittelle e le crostate della signora Witt. Il ricavato sarà destinato alla riparazione del campanile. Le ultime raccomandazioni e poi possiamo dare inizio alla festa. Se qualcuno dovesse sentirsi male, il primo intervento è stato allestito vicino alla Fontana dei Pesci. Mi raccomando, però, non sentitevi male durante il concerto perché il Dottor Fros deve suonare e non può fare due cose contemporaneamente. Gustav si raccomanda di utilizzare i cestini e di non fare come l'anno scorso, perché ha impiegato tre giorni a pulire la piazza. Vi ricorda inoltre il signor Biton che il bagno della Locanba è aperto soltanto per i clienti. Per tutti gli altri è *fuori servizio*, quindi è inutile che ci provate, d'accordo? Grazie per l'attenzione!»

Il giudice Morel, aiutato da Selmer, scese dal palco tra gli applausi e si avvicinò alla catasta di legna dove Del gli consegnò un tizzone acceso.

«Allora siete pronti?» chiese, incitando la folla intorno.

Selmer fece cenno alla Banda di tenersi pronti.

Il giudice Morel avvicinò il tizzone alla catasta e il fuoco si accese in una sola vampata.

CINQUE

Krisheb e Doan si sporsero dal tetto per vedere il fuoco che ardeva al centro della piazza. Tutta Dinterbild lo guardava con un misto di ammirazione e paura. Non si era mai vista una cosa così grande. Le fiamme sembravano voler toccare il cielo.

«Urca! A me sembra che basti!» disse Doan.

«Non farti ingannare» rispose Krisheb.

«Cioè?» chiese Doan.

«Non abbiamo bisogno di un grande fuoco, ma di aria calda. Tra poco il fuoco si abbasserà».

Selmer, dal palco, fece cenno di aspettare prima di partire con lo spettacolo. Solo quando le fiamme divennero più piccole e il pubblico si riprese dal rapimento, guardò Alton, i suoi musicisti, fece un respiro e contò: «Un-dù-trè».

A partire fu un botto, seguito da un secondo, e poi da un terzo, a intervalli regolari, come se fosse un metronomo.

BUM BUM BUM BUM

Selmer contò le due battute d'aspetto e diede il via ai musicisti che iniziarono a suonare a tempo con gli scoppi.

BUM BUM BUM BUM

La musica andava e si mischiava a quei botti come fossero strumenti dell'orchestra.

BUM BUM BUM BUM

Le persone non capirono subito quello che stava accadendo, sembravano stordite, e Selmer e Alton godevano nell'attesa di sferrare il loro colpo *stu-pe-fa-cen-te*.

BUM BUM BUM BUM

La folla continuava a guardare e a non capire.

BUM BUM BUM BUM

Selmer prese la bacchetta dal leggio. Allargò le spalle, alzò le braccia e guardò la notte stellata sopra di lui.

BUM BUM BUM BUM

Mormorò «Un-dù-trè» e quando abbassò la bacchetta il primo fuoco d'artificio esplose nel cielo schiudendosi come un grande fiore verde. Poi Selmer si spostò col busto rispetto alla posizione della Banda e, come se si rivolgesse a una sezione invisibile dell'orchestra, alzò la bacchetta. Quando la riabbassò nel cielo fiorì un'esplosione rossa a forma di stella.

La folla iniziò a capire e a rumoreggiare incredula.

Selmer stava dirigendo la luce. La faceva danzare. Se alzava un braccio, nel cielo appariva un cerchio blu, se chiudeva un pugno, spuntava una palla gialla. Ogni suo gesto era accompagnato da un "ohhhhh" della folla che non credeva ai propri occhi. Selmer stava leggendo non da uno spartito musicale, ma da uno spartito di luci. Non c'erano note lì ma colori, non strumenti ma forme, non armonie ma cromie, ed era qualcosa che nessuno aveva mai visto.

BUM BUM BUM BUM

I musicisti suonavano e si emozionavano di fronte a tutta quella bellezza, persino Tick che finalmente riuscì a capire quella storia del soffiare il sentimento e lo versò tutto nel suo dannato strumento.

Vinpeel restava in attesa sul palco, con i suoi piatti e il suo vestito lungo di maniche. Guardava Selmer. Guardava i fuochi nel cielo. Guardava verso il tetto della Locanba aspettando un cenno.

Krisheb monitorava la situazione aspettando il momento giusto. Le fiamme del falò non dovevano essere troppo alte altrimenti avrebbero bruciato il Pallone Volante, né troppo basse perché non sarebbero riuscite a riempirlo di aria calda. E il momento giusto arrivò quando iniziò il ritornello.

Krisheb fece cenno a Doan, incantato dal concerto di luci. Si misero in posizione. E quando Krisheb diede il via iniziarono a ruotare il primo argano, tirando su, in uno sbuffo di polvere, il Pallone Volante. Molti neanche se ne accorsero presi com'erano dallo spettacolo, altri cominciarono a mormorare «Speriamo bene», «Prepariamoci al peggio», «Che Dio ce la mandi buona».

Quando Vinpeel vide la polvere sollevarsi, iniziò a correre insieme a Mune per agganciare con una fune d'acciaio il pallone al cesto nascosto sotto un lenzuolo vicino al falò.

Krisheb e Doan si spostarono sul secondo argano e iniziarono a muovere il bastone per spingere il pallone esattamente sopra il falò.

La musica raggiunse il suo picco più intenso, con Selmer che per la foga si era messo sulle punte dei piedi, come a voler raggiungere le luci che gli danzavano sopra. Ma ormai tutti gli abitanti di Dinterbild si erano voltati verso quella cosa che pendeva sopra le fiamme.

I musicisti smisero di suonare senza staccare le labbra dagli strumenti, come se non avessero più fiato in petto.

Selmer masticò bestemmie contro di loro ma continuò a dirigere quei colori nel cielo, non sapendo che ormai nessuno li stava guardando più. Poi scomparvero anche quelli. E il cielo per Selmer divenne all'improvviso troppo grande.

Rallentò il movimento della bacchetta fino a fermarsi del tutto. Poi sentì una voce. Era Alton che imbambolato gli diceva «Guarda!»

Selmer si girò.

E spalancò la bocca.

In sottofondo rimase solo il rumore degli ultimi botti.

BUM BUM BUM BUM

Poi finirono anche quelli.

SEI

Il Pallone Volante si gonfiò tanto da tenersi in aria da solo. Krisheb e Doan tagliarono la corda con cui l'avevano issato e ritirarono il lungo bastone che avevano usato per posizionarlo. Intanto Vinpeel e Mune lo avevano assicurato a terra per non farlo volare via. Le funi si tesero e il pallone restò sospeso, mentre l'aria calda continuava a riempirlo.

Krisheb e Doan raggiunsero la piazza, Vinpeel gli andò incontro.

«E ora?» fece rivolto a Krisheb.

«Ora aspettiamo».

Quando Krisheb si avvicinò al falò, fu chiaro a tutti gli abitanti di Dinterbild che dietro quella faccenda non c'era la mano del demonio, ma qualche idea strampalata del matto del paese. La folla iniziò a rumoreggiare perché quel fuori programma stava rovinando la Festa della Merla, ma nessuno ebbe il coraggio di avvicinarsi.

Toccò al giudice Morel farsi avanti.

«Krisheb, ti ordino immediatamente di fermarti!» disse senza troppa convinzione, mentre quello continuava a girare intorno al pallone per controllarlo.

«Krisheb, ascoltami! Puoi andare incontro a conseguenze molto gravi se non la finisci subito di...»

«Signor giudice...»

«... disturbare quello che è un evento pubblico. Non hai alcuna autorizzazione...»

«... giudice Morel...»

«... per fare ciò che stai facendo. Non credo neanche che questo aggeggio sia a norma, qualunque cosa sia...»

«Giudice Morel!» urlò Vinpeel, riuscendo finalmente a catturare la sua attenzione. «L'idea è mia. Krisheb non c'entra».

La folla ebbe un sussulto e continuò a rumoreggiare: «È stato plagiato. Povero ragazzino. Che disgrazia».

Il giudice Morel fece cenno di fare silenzio. Poi si rivolse a Vinpeel con tono bonario.

«Di quale idea parli?»

«Quella del Pallone Volante» rispose Vinpeel indicando il pallone che continuava a gonfiarsi. «È una mia idea».

Tutti gli occhi di Dinterbild guardarono verso l'alto, per poi tornare a fissare Vinpeel.

«E a cosa dovrebbe servire?» azzardò il giudice Morel.

«Ad andare via da qui» rispose Vinpeel.

«Ma non c'è nulla, fuori da Dinterbild» fece Morel, sorridendo per l'ingenuità del ragazzo.

Proprio in quel momento il pallone sembrò animarsi e diede uno strappo. La folla fece un passo indietro, spaventata. Vinpeel raggiunse Krisheb che continuava a girare in tondo agitando le stampelle in aria, sempre più eccitato.

«Che succede?» gli urlò.

«Ci siamo, Vinpeel! Saliamo sul cesto e sleghiamo le corde».

Vinpeel, Doan e Mune aiutarono Krisheb a salire, si arrampicarono sulle corde e si ficcarono nel cesto.

«E ora?» chiese Vinpeel con il fiatone.

«E ora vediamo» rispose Krisheb.

Tutti e quattro fissarono il pallone sopra di loro che, finalmente libero dalle funi, cominciò a sollevarsi leggero verso l'alto.

Nessuno a Dinterbild credeva ai propri occhi. Dal cielo cadeva la pioggia, la neve, a volte le stelle, ma mai niente era andato in direzione contraria. Quella palla gigante stava salendo verso il cielo. Tutti si guardarono intorno spaesati, mentre una vertigine li attraversava da parte a parte.

Krisheb indicò la fune d'acciaio che legava il cesto al Pallone Volante. Si tendeva sempre di più mano a mano che il pallone saliva. Mune prese la mano di Vinpeel e iniziò a stringerla forte, e più la fune si tendeva, più stringeva.

Quando Vinpeel sentì quella mano sulla sua gli sembrò di svenire, e iniziò a pregare con ogni muscolo del corpo che quel pallone riuscisse a portarsi dietro il cesto con dentro tutti i loro desideri.

Fu una frazione di secondo.

La fune si tirò e il cesto scricchiolò sotto i loro piedi. Tutto, in quell'istante, sembrò protendersi nello sforzo di andare verso l'alto. Vinpeel sentì di sollevarsi da terra.

Ma il cesto scricchiolò di nuovo, risedendosi a terra, stanco.

Vinpeel si voltò verso Krisheb.

Krisheb non ebbe il coraggio di dire nulla e abbassò lo sguardo.

Poi Vinpeel sentì la mano di Mune scivolare via lentamente.

Era finita.

SETTE

Scese il silenzio, quello che faceva paura a Vinpeel, quello in cui ci si poteva perdere dentro per quanto era grande. E ci si persero tutti e quattro, ognuno a girare a vuoto dentro se stesso.

«Ci voleva un fuoco più grande» mormorò Krisheb rammaricato.

Guardò per un'ultima volta sopra la loro testa e scese dal cesto per andare ad assicurare di nuovo il pallone con le funi. Gli abitanti tirarono un sospiro di sollievo.

Vinpeel guardò gli occhi delusi di Mune. Poi quelli di Doan. Infine guardò fuori dal cesto dove stava tutta Dinterbild. Li guardò uno ad uno. Guardò i loro volti, le loro espressioni. E riconobbe quell'assenza di felicità di cui gli aveva parlato Krisheb.

Tenendosi con una mano alla fune d'acciaio, salì in piedi sul bordo del cesto mentre il fuoco alle sue spalle continuava a scoppiettare.

«C'è qualcosa oltre Dinterbild! Io... io l'ho visto!» urlò verso la folla.

Gli abitanti smisero di rumoreggiare e lo guardarono come si guarda un pazzo.

«Ci sono delle luci, proprio oltre il mare» continuò Vinpeel. «Come... come se ci fosse un'altra Dinterbild. Io le ho viste. C'è tutto un mondo lì fuori. È il posto dove avete lasciato la vostra occasione per essere felici. Credetemi. Aiutatemi. Vi dimostrerò che è così. Vi chiedo soltanto una possibilità!»

La folla continuò a guardarlo senza dire niente.

A Krisheb si strinse il cuore. Avrebbe voluto evitargli altre umiliazioni.

«Vinpeel, non potranno mai capire» sussurrò. «Loro hanno dimenticato».

Vinpeel rimase a fissare i volti di Dinterbild sperando che accadesse qualcosa. Poi in quel muro di bocche serrate si aprì una breccia e qualcuno urlò: «Portaci a vedere queste luci, allora!»

La folla approvò la proposta e iniziò a incalzare Vinpeel.

«Non posso. Non faremo mai in tempo» rispose Vinpeel. «Se si vuole partire bisogna farlo ora, o sarà troppo tardi. Fidatevi di me, vi prego...»

Poi sì aprì un altra breccia: «Perché non facciamo in tempo ad andare a vedere?»

«Perché questa è la notte più fredda dell'anno e ora l'aria nel pallone è già calda. Più passa il tempo più si raffredderà, e più sarà difficile far volare il pallone».

La folla riprese a rumoreggiare. In molti si consultavano e agitavano le braccia.

«Ammesso che ci sia qualcosa fuori di qui» continuò qualcuno, «come potremmo esserti d'aiuto?»

«Facendo un fuoco più grande di questo» rispose Vinpeel.

Tutti guardarono il falò che illuminava a giorno la piazza. Non ne avevano mai visto uno così, e stentavano a immaginarne uno più grande.

«Grande... quanto?»

«Almeno il doppio» rispose Vinpeel.

Nella piazza scese il silenzio. Poi ci fu una risata. Timida. Poi un'altra. E poi un'altra ancora. E la risata iniziò ad allargarsi, coinvolgendo tutti. Vinpeel ne fu sopraffatto, tanto da non sentire più nulla. Gli fischiavano le orecchie e gli piombò addosso un'enorme stanchezza. La folla smise di ridere. Qualcuno commentò sghignazzando «Dovremmo mettere a fuoco mezza Dinterbild», qualcun altro «Davvero un'idea geniale», qualcun altro ancora «Una follia». Lo dicevano mentre cominciavano a sparpagliarsi e ad avviarsi verso casa.

Vinpeel rimase a guardare la piazza svuotarsi. Arreso e vinto dalla vergogna si mise a sedere dentro al cesto.

Ora era davvero finita.

L'Altrove non era altro che un sogno e, come tale, si dissolveva nel crepitio di un fuoco che andava spegnendosi.

Vinpeel sentiva gli abitanti di Dinterbild allontanarsi e scomparire nella sera, quando una voce gli sussurrò: «Speranza è quando vuoi che qualcosa accada. Ma lo devi volere davvero affinché accada davvero».

Alzò la testa e trovò Mune. Le sorrise, sconsolato.

«Grazie. Ma purtroppo avevo torto».

«Secondo me no» rispose la ragazzina, indicando fuori dal cesto.

«Non andatevene! Ho una cosa per voi! Avvicinatevi!».

Vinpeel sapeva di chi era quella voce. Si affacciò fuori, strinse gli occhi e vide suo padre che si trascinava dietro un piccolo baule. Non si era mai allontanato così tanto da casa e molti rimasero stupiti nel vederlo lì. Stava sorridendo.

Vinpeel lo vide fermarsi e aprire il baule per frugarci dentro. Gli abitanti di Dinterbild intanto ritornavano sui loro passi e gli si facevano attorno incuriositi.

Quando Ned Bundy riemerse dal baule, Vinpeel ebbe un colpo.

OTTO

Ned Bundy cominciò a distribuire le sue conchiglie.

Chiamava gli abitanti di Dinterbild per nome, uno ad uno. Li invitava ad avvicinarsi e gliene consegnava una. A ciascuno una conchiglia precisa, quella che portava dentro la loro storia, il loro passato, e tutto quello che avevano dimenticato.

Vinpeel lo guardava donarle con un sorriso. Vedeva gli abitanti di Dinterbild restare interdetti a fissare quelle conchiglie tra le mani. Ma non appena vi poggiavano l'orecchio facevano uno scatto, come se avessero preso la scossa. E restavano per un po' così, in bilico, incerti se continuare.

Poi si arrendevano, e ognuno cominciava ad ascoltare la propria conchiglia, sciogliendosi. Chi in pianto, chi sorridendo, chi pervaso da una grandissima malinconia. Ognuno a modo suo, cambiando l'espressione al viso e all'anima.

Vinpeel si avvicinò al padre, cercando di capire cosa stesse facendo.

Ned Bundy lo abbracciò come mai aveva fatto prima. A Vinpeel parve quasi di soffocare. Un po' per la stretta. Un po' per l'emozione. Rimasero così a lungo, con Vinpeel rigido che non riusciva a capire quello che passava per la testa del padre. Poi Ned Bundy lo fissò e, commosso, gli disse: «Anch'io ti voglio bene».

A Vinpeel salì un groppo in gola. Capì che le parole che aveva sussurrato con tanta pena in tutte quelle notti, finalmente erano arrivate a destinazione. Poi Ned Bundy disse: «Non abbiamo molto tempo», e riprese a distribuire le conchiglie. «Tempo per cosa?» chiese Vinpeel.

«Per far decollare il tuo Pallone Volante» sorrise suo padre.

Vinpeel prese delle conchiglie dal baule e cominciò ad aiutarlo. Erano tutte catalogate con delle targhette che riportavano i nomi di ogni abitante di Dinterbild.

«Perché lo facciamo?» chiese Vinpeel. Ned Bundy chiamava ognuno per nome consegnandogli il proprio passato. Poi gli disse: «Se ti serve che si bruci mezza Dinterbild, hai bisogno che tutti vogliano andare via. Devi dargli un motivo. E per dargli un motivo devono ricordare. E sperare di poter ricominciare».

Quando il baule fu finalmente vuoto, Vinpeel si mise a guardare tutti i volti che si aggiravano per la piazza. Sembrava stessero sognando ad occhi aperti, ognuno fisso in un'emozione nuova. In molti riascoltavano la propria storia per capire se fosse realmente accaduta. C'era chi se ne stava immobile, chi camminava avanti e indietro, chi si era dovuto sedere, chi guardava verso il cielo. Tutti stavano ricordando i loro amori passati, immaginati, persi, sospesi, mai consumati, e in quelle storie c'era come un buco, una ferita da cui passava la tristezza, la stessa che li aveva fatti scivolare dentro Dinterbild. Ma non c'era solo quella. Per la prima volta tutti avvertirono che insieme a quella tristezza passava anche altro.

Il primo ad avvicinarsi fu Tick.

«C'è davvero un modo... per tornare indietro?» chiese, asciugandosi gli occhi.

«Sì» rispose Vinpeel, dando un'occhiata soddisfatta a Ned Bundy.

Tick deglutì. Poi si guardò intorno.

Tutti gli abitanti di Dinterbild si erano radunati intorno a lui. E Tick lesse nei loro sguardi la sua stessa voglia.

«Intendevo per tornare… tutti».

NOVE

Dinterbild sembrava impazzita, tutti si misero al lavoro mentre Krisheb dirigeva le operazioni dal palco, agitando le stampelle. Ad ognuno aveva affidato un compito. C'era chi raccoglieva stoffe di seta, chi le cuciva, chi racimolava le funi e le corde, chi le legava. Una vera e propria catena di montaggio.

Il Pallone Volante non bastava. Bisognava costruirne altri per trasportare tutte le ottanta anime del villaggio al di là del mare. E bisognava farlo in fretta. Tra poche ore sarebbe arrivata l'alba e la temperatura si sarebbe alzata.

Ne servivano una dozzina secondo i calcoli di Krisheb che sbraitava dal palco dando ordini e disposizioni, «Vanno strette quelle cuciture!», «Le funi devo essere lunghe così», «Più in fretta, più in fretta!»

Mune si mise a cercare il materiale con Doan, casa per casa. Vinpeel, invece, lavorava insieme a Ned Bundy per assicurare le funi ai palloni.

«Papà… grazie» gli disse.

Ned Bundy sorrise strizzandogli l'occhio.

Ogni volta che le campane suonavano, ci si avvicinava all'alba, e un fremito di paura attraversava il cuore di chiunque fosse intento a lavorare.

Quando tutto il materiale fu trovato e si iniziavano ad assemblare i primi palloni, Krisheb fu categorico: «C'è un modo solo per tornare indietro. Ma dovete essere disposti a sacrificare tutto».

Per essere sicuro che avessero capito cosa intendeva, Krisheb indicò verso casa sua. Il tempo di arrivarci e quelli presero a smontare porte, trasportare mobili, divellere assi dai pavimenti e dalle pareti. Tutto veniva afferrato e gettato nel fuoco in maniera febbrile, alla rinfusa. Quando della casa non rimase che lo scheletro, passarono alle altri abitazioni, sempre con la stessa foga, strappando, smontando e buttando nel fuoco tutto ciò che poteva ardere.

Lo spettacolo intorno alla piazza era surreale, sembrava che il villaggio fosse stato investito da un uragano. Rimanevano in piedi soltanto la chiesa e la Locanba.

Quando il primo chiarore colorò l'orizzonte, Dinterbild era un paese fantasma e nel suo cuore ardeva un fuoco immenso.

Krisheb fece stendere tutti i palloni vicino alla Locanba, uno di fila all'altro. Un gruppo di persone doveva issarli su dal tetto con gli argani e poi spostarli sopra al falò. Mentre il pallone si riempiva di aria, quattro gruppi di persone dovevano tenere le funi ai lati per non farlo volare via.

Krisheb si assicurò che tutti avessero capito. L'operazione richiedeva grande coordinazione. Poi diede l'ordine di far volare il primo pallone.

Salirono prima gli anziani, al segnale furono mollate le funi e il pallone iniziò a sollevarsi. Tutti gli abitanti di Dinterbild lo guardarono, come a volerlo spingere con gli occhi.

Il pallone salì, lento ma costante.

Nessuno diceva nulla.

I primi ad essere partiti avevano sul viso un'espressione di sgomento e paura.

Raggiunta una certa quota, Krisheb gridò. Fu un urlo liberatorio, e tutti capirono.

Il fuoco aveva raggiunto la temperatura sufficiente e i palloni potevano volare.

Ce l'avevano fatta.

Il giudice Morel, tra gli anziani in volo, da lassù capì e, affacciato, iniziò a salutare con la mano. Qualcuno di sotto si tolse il cappello, altri agitarono un fazzoletto. Poi il pallone si fece sempre più piccolo, fino a diventare un puntino confuso fra le stelle della notte.

Krisheb diede il via per preparare il secondo pallone che fu subito issato, spostato sul fuoco tramite il bastone e gli argani, e poi liberato dalle funi. Anche questo si librò nel cielo, seguito dal terzo e poi dal quarto. Ogni volta gli stessi saluti e gli stessi sguardi a stupirsi della vastità dell'orizzonte che vedevano per la prima volta.

Le operazioni si fecero sempre più febbrili. Le campane suonarono. Un altro fremito dentro i cuori.

I palloni si sollevavano nel cielo uno dietro l'altro, sospinti dalla stessa corrente, come se fosse una processione. O una nuova costellazione. L'alba iniziava a colorare di rosso il margine basso del cielo.

Alla fine non restò che l'ultimo pallone. Padre Earl, Selmer, Tick, Fros, Lady Sawen, tutti erano andati via. E Dinterbild sembrava un villaggio abbandonato da secoli, che forse non era mai esistito.

Rimanevano solo loro.

Vinpeel, Mune, Krisheb, Doan e Ned Bundy.

DIECI

Quando ricevette la conchiglia da Ned Bundy, a Biton si fermò il cuore. Già sapeva quello che conteneva. L'aveva letto negli occhi di quelli che le ascoltavano.

Se la mise in tasca e si avviò verso la Locanba.

Una volta entrato, appese il giaccone all'ingresso, posò la conchiglia a terra e la schiacciò con un piede. Poi andò in cucina, prese un vassoio e ci posò sopra una tovaglia, due piatti, le posate, una caraffa di vino, due bicchieri e una pentola con un po' di zuppa.

Salì le scale piano, mentre fuori tutto era in agitazione.

Una volta salito, preparò il piccolo tavolo nell'angolo della stanza, come faceva ogni sera prima di prendere servizio, e iniziò ad apparecchiarlo con le cose che aveva sul vassoio. Lo faceva con una cura e una calma che nessuno gli aveva visto mai in sala. C'era dolcezza nei suoi gesti, come fossero carezze. Biton non dispose i piatti uno di fronte all'altro ma di fianco, come piaceva alla signora Biton. "Così possiamo guardare lo stesso spicchio di mondo", gli aveva detto una volta. A lui era piaciuta quella faccenda dello stesso spicchio di mondo, e da allora l'aveva sempre accontentata.

Biton passò una mano sulla tovaglia per togliere una piega. Prese i due piatti e ci versò dentro la zuppa. Una porzione abbondante per lui. Una più piccola per lei. Si sedette, si mise il tovagliolo su una gamba, e iniziò a mangiare. Piano.

Sentiva il vociare giù in piazza diventare sempre più forte. Ogni tanto si fermava a soffiare sul cucchiaio, per non scottarsi le labbra. Nessuno si era accorto della sua assenza.

Quando sentì la porta della Locanba spalancarsi al piano di sotto, non si scompose. La zuppa nel piatto e nel suo cucchiaio tremarono, ma lui rimase fermo. Sentì le grida, la foga, le sedie rovesciate a terra e trascinate fuori insieme ai tavolini e ai mobili, ma non disse nulla. Aspettò soltanto che passasse. Come quando c'è un terremoto e non si può fare altro.

Aspettare.

Quando gli uomini se ne andarono, riprese a mangiare, sempre con estrema lentezza.

Finita la zuppa, bevve un po' di vino e si alzò. Rimise tutto nel vassoio. La zuppiera, le posate, i bicchieri, il suo piatto e quello ancora pieno della signora Biton. Ritirò la tovaglia e scese le scale, portando tutto in cucina. Dalla porta vide il falò bruciare enorme e gli abitanti di Dinterbild affannarsi, disposti a tutto pur di tornare indietro e avere un'altra occasione per essere felici.

Tornò al piano di sopra, si spogliò e si mise a letto. Si tolse la fede e la poggiò sul comodino. Lì di fianco c'era una foto di parecchi anni prima. Ritraeva lui che ridendo guardava la signora Biton. La moglie era tra le sue braccia e gli mostrava la lingua scherzosamente. Era l'ultima foto che avevano scattato insieme prima della malattia.

Il signor Biton spense la luce. Poi allungò una mano verso lo spazio vuoto che c'era di fianco a lui e disse «Buonanotte», come ogni sera, prima di chiudere gli occhi.

UNDICI

«Sono partiti tutti?» chiese Krisheb

«Sì. Siamo rimasti solo noi» rispose Vinpeel guardandosi intorno.

«Muoviamoci allora. Abbiamo pochissimo tempo».

Si avviarono verso il cesto che li aspettava ma Ned Bundy non li seguì.

«Papà, sbrighiamoci. Non abbiamo più tempo»

«Io non vengo» disse Ned Bundy.

Vinpeel si bloccò, terrorizzato. Ned si avvicinò e si chinò su di lui.

«Devo fare un'ultima cosa, Vinpeel. Altrimenti non andrò mai via da qui».

«Ma… ma che significa?»

«Fidati di me».

Ned Bundy fece una carezza a Vinpeel che lo abbracciò. Per la prima volta riuscì a dirgli «Ti voglio bene». Ned Bundy lo strinse a sé.

Un rumore violento fece vibrare l'aria. Un grugnito spaventoso. Tutti si voltarono, spaventati, vedendo correre nella loro direzione un'ombra enorme.

«Urca!» esclamò Doan.

«Porcatruzza!» esclamò Krisheb.

Quando l'ombra si fece più vicina, la paura si trasformò in stupore, e poi in gioia.

«Ma è Dorothy!» urlò Doan.

«Ma è la mia gamba!» urlò Krisheb.

Dorothy arrivava di gran corsa e portava in bocca la gamba di legno di Krisheb che consegnò direttamente a lui. Krisheb non perse un attimo per sedersi e infilarsi la gamba di legno, raggiante.

«Si è un po' gonfiata per l'acqua, ma nulla d'irreparabile» disse, balzando in piedi e accennando a due passi di danza. «Porcatruzza se avevo ragione, "quel che il mare prende, il mare rende"». aggiunse, guardando con orgoglio l'arto ritrovato. Dorothy grugnì e saltò nella cesta, come a spronarli a partire.

Ned Bundy si offrì di slegare le funi. Vinpeel gli fece un ultimo sorriso e raggiunse gli altri nel cesto.

Non appena il pallone fu liberato, iniziò ad alzarsi in volo. Vinpeel guardò suo padre, di sotto, che lo salutava con la mano. Non ci aveva mai fatto caso prima, ma aveva un sorriso grande, e quando sorrideva gli si illuminavano gli occhi.

Il pallone salì ancora e Vinpeel vide Dinterbild rimpicciolirsi sotto di lui.

Vide la Locanba con l'insegna che tanto faceva infuriare il signor Biton, lo studio del Dottor Fros, la chiesa di Padre Earl con il suo campanile, la Fontana dei Pesci e poi, più in là, mano a mano che si saliva e l'orizzonte si allargava, la veranda di Lady Sawen, la casa degli Alton, le rose della signora Witt, e poi ancora la forma allungata di Dinterbild, con il suo steccato, il cartello sbiadito con su scritto BENVENUTI A DINTERBILD, e quella strada che nessuno sapeva dove portasse né da dove arrivasse. E poi ancora i piedi della collina, le siepi con il loro odore di solitudine, e quei sentieri impastati di polvere e di passi dimenticati che portavano dove Vinpeel aveva scoperto l'eco e dove aveva insegnato a Mune cosa fosse lo Stupore. E poi ancora il prato dove giocava con Doan a cercare le nuvole e, ancora più in là, il mare.

E oltre, l'Altrove.

Vinpeel avvertì un'aria diversa intorno a sé, la respirò con forza, se ne riempì il petto.

Poi sentì Doan mormorare «Eccola».

Si voltò e lo vide guardare verso l'alto, estasiato. Vinpeel alzò gli occhi e si trovò di fronte un muro bianco contro cui stavano andando a sbattere. Istintivamente si coprì il volto con le braccia, mentre Krisheb urlò «State giù!». Il pallone iniziò a vibrare, scosso da ogni parte. Vinpeel urlò spaventato «Cos'è?»

«Una nuvola» rispose Krisheb, «nulla di preoccupante, ma ci farà ballare un po'».

La attraversarono, come si attraversa un fittissimo banco di nebbia. Vinpeel presentì qualcosa e, quando tutto quel bianco si diradò, si guardò intorno. Doan non c'era più. Guardò Krisheb, guardò Mune, e capì. Doan aveva finalmente trovato quello che stava cercando.

Guardò in basso, verso la nuvola sotto di loro, e sorrise quando non gli riuscì di capire che forma avesse.

Mune gli si fece vicino e gli prese la mano. Vinpeel gliela strinse, questa volta senza paura. Guardarono l'alba colorare quella parte di mondo inesplorato, e da quella luce si lasciarono inondare.

EPILOGO

Ned Bundy era tornato alla spiaggia e da lì aveva seguito con gli occhi il pallone di Vinpeel. Lo aveva visto diventare sempre più piccolo fino a scomparire nelle prime luci dell'alba.

Era andato nel suo studio e lì aveva scritto le sue ultime tre parole. Soltanto tre parole per la sua ultima lettera. L'aveva infilata nella bottiglia e con grande calma si era diretto verso il mare.

Aveva aspettato sulla riva il momento giusto e, nell'attesa, aveva ricordato quella notte di tanto tempo prima, come faceva ogni volta prima di lasciare le sue lettere alle onde.

Pensava alla parola *bellissima*. Ma la pensava in un modo tutto suo – "bellissima" – come fosse un soffio, sospeso. E la prima volta che l'aveva pensata in quel modo, fu quando aprì la porta della cabina e se la trovò davanti.

Bellissima.

Tutta la nave era in subbuglio per via dell'allarme di sicurezza. Si sentivano voci, porte che si aprivano e si chiudevano, gente che si riversava nei corridoi chiedendo cosa stesse succedendo.

«Posso entrare?» gli aveva chiesto lei spaventata. «La mia cabina è lontana».

Ned Bundy l'aveva lasciata entrare e aveva chiuso la porta. Si erano guardati senza dirsi nulla, come se si conoscessero da tempo e soltanto in quel momento si fossero ritrovati. Si abbracciarono, si spogliarono e iniziarono a fare l'amore. Qualcuno bussò con forza. «Tutto ok lì dentro?» chiese. «Sì» rispose Ned Bundy, «ma cosa è successo?».

«Nulla di pericoloso, uno dei pazzi è scappato, rimanga dentro e non esca per cortesia».

Una parte della nave era stata infatti isolata appositamente per trasferire dei pazzi da un'altra città. Durante il viaggio Ned aveva sentito qualche strillo e nulla più, ma la donna sembrava molto spaventata.

Ned Bundy la abbracciò mentre sentiva i passi del marinaio allontanarsi. Poi si immerse di nuovo in quel silenzio, dove ad aspettarlo c'era lei. *Bellissima.*

Quando la sirena d'allarme smise di suonare, erano a letto, ancora nudi. Lui le accarezzava i capelli. Lei le labbra. Stettero così per un po', fino a quando lei non si alzò andò ad aprire l'oblò della cabina. «Mi piace il rumore del mare» aveva detto tornando a letto. «Se potessi portare via qualcosa da questa notte, porterei via questo, il rumore del mare».

Ned Bundy non disse niente, e riprese ad accarezzarle i capelli.

«Sai che da domani, su qualche spiaggia, ci sarà una conchiglia che parlerà di noi e di questa notte?» aveva detto lei ridendo.

Ned Bundy la guardava, rapito dalle sue parole e dal suono della sua voce.

«Hai mai ascoltato una conchiglia?» chiese lei.

Ned Bundy dondolò la testa.

«Neanche da bambino?»

Ned Bundy fece spallucce accennando un sorriso

Lei si liberò dal suo abbraccio e si mise a sedere sul letto.

«Ogni conchiglia, quando viene tirata fuori dall'acqua, porta dentro di sé il rumore del mare che sta lasciando. Basta che trattenga anche una sola, piccola goccia, e continuerà a raccontare di quel mare per sempre, insieme a tutte le storie che contiene in quel momento».

Ned Bundy la osservava. Poi rise.

«Dico sul serio» fece lei, fingendosi arrabbiata. «E lo stesso accade alle persone, che sono come le conchiglie».

Ned Bundy si tirò su e si sedette vicino a lei.

Gli piaceva sentirla parlare. Gli piaceva la sua voce. E quei lunghi capelli rossi.

«Continua» disse Ned Bundy.

Lei sorrise. «Anche noi abbiamo dentro una storia. Come le conchiglie. Ci rimane dentro quando ci tirano fuori dai nostri sogni».

«Dai nostri sogni?» domandò Ned Bundy.

«Sì, c'è sempre un momento in cui veniamo strappati da lì, anche se non vogliamo. Ma una goccia di quei sogni ci rimane dentro».

«Dentro dove?»

«Qui, nel cuore» fece lei premendosi il petto, «E siccome non possiamo poggiare l'orecchio sul nostro cuore, abbiamo bisogno di qualcuno che sappia ascoltarla e raccontarcela».

Ned Bundy la guardò negli occhi «Continua. Non fermarti».

«È vitale che succeda» fece lei «perché senza qualcuno che ci racconti la nostra storia, restiamo senza sogni, e se non hai sogni puoi impazzire».

Per alcuni istanti lo sciabordio del mare contro la chiglia invase la cabina. Rimasero ad ascoltarlo lasciandosi cullare.

«Qualcuno te l'ha già raccontata?» chiese lei rompendo quell'incanto.

«Cosa?»

«La storia che hai dentro».

Ned Bundy la guardò senza dire niente.

Lei si chinò, appoggiò l'orecchio sul suo petto e gli fece cenno di stare in silenzio. Stettero così a lungo, con lei ad ascoltare il suo cuore e lui a sentirsi vibrare.

«Ora tocca a te» disse lei all'improvviso.

«E la mia storia? Non me la racconti?» chiese Ned Bundy divertito.

«Non prima che tu mi abbia raccontato la mia».

«Nessuno te l'ha mai raccontata?»

«Ho fatto ascoltare a tanti il mio cuore, ma nessuno c'è ancora riuscito».

Ned Bundy la abbracciò e appoggiò la guancia sul suo seno, fino a quando, cullato dal respiro di lei, lentamente si addormentò.

I rumori della manovra lo svegliarono la mattina dopo, mentre la nave stava entrando in porto.

Aprì gli occhi e la vide vestita vicino alla porta.

«Stai andando via?» chiese.

Lei annuì.

«Non andare» disse lui

«Non posso restare».

Ned Bundy si alzò dal letto e le andò incontro.

Lei gli accarezzò il viso.

«Mi racconterai la mia storia?» lo supplicò mentre alcune lacrime iniziarono a rigargli le guance. «È l'unico modo che ho per salvarmi».

«Lo farò. Ma dimmi dove potrò trovarti».

«Qui, in questo porto. Ma solo quando mi avrai raccontato la mia storia, perché solo allora sarò libera».

Ned Bundy fece per parlare, ma lei lo zittì. Gli prese una mano e se la portò sulla pancia.

«Come farò a raccontartela?» le chiese.

Le porte cominciarono ad aprirsi lungo i corridoi. I primi passeggeri cominciarono a lasciare le loro cabine.

Lei lo fissò con gli occhi che a stento trattenevano le lacrime e con un sorriso disse: «Scrivila, e affidala al mare».

Ned Bundy guardò il fondo di quegli occhi, e per un attimo ci si perse dentro.

«Ma come farò a sapere se arriverà proprio a te?»

«Se si tratta della mia storia, di certo arriverà a me».

Ned Bundy sentì le sue labbra poggiarglisi sulla bocca e poi la vide correre lungo il corridoio.

Si precipitò nella cabina, si rivestì in fretta e preparò la valigia. La cercò in giro per la nave, tra le sale, lungo i corridoi. Quando attraccarono, uscì sul ponte in cerca dei suoi capelli rossi, del suo profumo.

La scorse tra la folla in fila per scendere sulla terra ferma. Si fece spazio tra i passeggeri, a fatica, ma a pochi metri da lei vide che era accompagnata da alcune suore che la tenevano per le braccia. A Ned Bundy si gelò il sangue. Era insieme al gruppo dei pazzi. Le suore le stavano dicendo di stare attenta, di non farlo mai più. Capì che era lei che per tutta la notte avevano cercato in giro per la nave.

Si tirò il cappello giù sul viso e abbassò lo sguardo, prima di superarla senza dire niente.

Era questo che Ned Bundy stava ricordando quando capì che il momento giusto era arrivato.

Guardò un'ultima volta verso il Pallone Volante ormai scomparso all'orizzonte.

Si chinò sulle onde e a loro affidò quell'ultima bottiglia.

Per un po' la vide affiorare e inabissarsi, prima di prendere definitivamente il largo.

Restò lì ancora a lungo, nessuno sa quanto, a ripensare a quelle tre parole, capaci di tenere insieme come un filo invisibile tutte le lettere che aveva scritto e affidato al mare fino ad allora. Tutte parti della stessa storia, intrappolata in una goccia di sogno ascoltata nel cuore di una donna una notte di ormai tanto tempo prima.

La storia di *Vinpeel degli orizzonti.*

ZUPPA BITON
(la migliore di Dinterbild)

Ingredienti:

1/3 di tazza di orzo perlato
5 tazze di brodo di carne fresco
1 cucchiaino di aromi essiccati
250 g di filetto o lombata
1 carota grande tagliata a dadini
1 porro sfilettato
1 cipolla media, tritata
2 gambi di sedano tagliati sale e pepe
2 cucchiai di prezzemolo fresco, tritato
crostini di pane, da servire

- Mettere l'orzo perlato in una pentola, versate il brodo e aggiungete le erbe miste. Portate a ebollizione, coprite e fate cuocere per 10 minuti
- Nel frattempo, sgrassate la carne e tagliatela a listarelle sottili
- Schiumate il brodo in superficie
- Aggiungete la carne, la carota, il porro, la cipolla e il sedano. Riportate a ebollizione, coprite e fate cuocere per 20 minuti, o finché carne e verdure siano appena tenere

– Schiumate ancora il brodo. Con la carta da cucina assorbente coprite i grassi che salgono in superficie. Aggiustate di sale e pepe secondo il vostro gusto
– Versate il brodo in scodelle riscaldate e spruzzate con prezzemolo fresco tritato. Servite con crostini di pane.

Come le conchiglie, ogni abitante di Dinterbild porta dentro di sé la sua storia, una storia che è stata ascoltata e scritta. Puoi scoprirla su **facebook.com/vinpeeldegliorizzonti/** o su **neoedizioni.it/neo/vinpeel-degli-orizzonti/**

RINGRAZIAMENTI

A Marina.
Ovunque sarai.
Ovunque sarò.

A mio padre
per esserci sempre
(anche se non lo sa)

CREDITS

Storia liberamente ispirata a:
sogni, rimorsi, speranze e illusioni dell'autore

Colonna sonora:
Il mare dell'infanzia

Story Profiler & Supporto Psicologico:
Valentina Bonaccio

Pungolatura & Minacce:
Francesco Coscioni & Angelo Biasella
(Neo.)

Servizio Catering e Approvvigionamenti:
RossellaLioia srl

Assistenza ipoglicemia:
Chicca

Pagina segreta del diario di Mune

"Ansia"
Quando Coscioni ti chiede
– A che punto ti trovi con il romanzo? –
e tu rispondi – Alla grande! –
anche se non lo hai ancora neanche pensato.

INDICE

Collana **Dry**

1. *Gobbi come i Pirenei*, Otello Marcacci *(III rist.)*
2. *Quattro soli a motore*, Nicola Pezzoli
3. *Dio se la caverà*, Alan Poloni
4. *Chiudi gli occhi e guarda*, Nicola Pezzoli
5. *Sfida all'OK Dakar*, Otello Marcacci
6. *Mailand*, Nicola Pezzoli
7. *Pensiero madre*, AA.VV. – a cura di Federica De Paolis
8. *Vinpeel degli orizzonti*, Peppe Millanta *(II rist.)*

Collana **Iena**

1. *E morirono tutti felici e contenti,* AA.VV. – a cura di Massimo Avenali *(III rist.)*
2. *Tre io,* Mario Rossi
3. *I cani là fuori*, Gianni Tetti *(I rist.)*
4. *Antropometria*, Paolo Zardi *(II rist.)*
5. *Trema la terra*, AA.VV. – a cura di Isabella Tramontano
6. *Le 13 cose*, Alessandro Turati
7. *Il giorno che diventammo umani*, Paolo Zardi *(IV rist.)*
8. *Mette pioggia*, Gianni Tetti *(I rist.)*
9. *La vita sobria, AA.VV.* – a cura di Graziano Dell'Anna
10. *XXI secolo*, Paolo Zardi *(I rist.)*
11. *Grandi momenti*, Franz Krauspenhaar
12. *Briciole dai piccioni*, Alessandro Turati
13. *Grande nudo*, Gianni Tetti *(II rist.)*
14. *La passione secondo Matteo,* Paolo Zardi
15. *Gli stonati, AA.VV.* – a cura di Alessio Romano *(I rist.)*
16. *La madre di Eva*, Silvia Ferreri *(III rist.)*
17. *Cometa*, Gregorio Magini

Collana **Potlach**

1. *Palace of the end*, Judith Thompson
2. *L'uomo che viaggiava con la peste*, Vincent Devannes
3. *Il sale*, Jean-Baptiste Del Amo *(III rist.)*

Collana **Intimate**

1. *La mia Waterloo ventricolare*, Roberto Di Egidio
2. *Poesie antirughe*, Alessandra Racca *(VI rist.)*
3. *Testamento di un poeta cimiteriale*, Mauro Petrarca
4. *L'amore non si cura con la citrosodina*, Alessandra Racca
5. *Consigli di volo per bipedi pesanti*, Alessandra Racca *(I rist.)*
6. *Nostra signora dei calzini – DELUXE*, Alessandra Racca

Collana **i Nei**

1. *Coi binari fra le nuvole – Cronache dalla Transiberiana d'Italia*, Riccardo Finelli *(IV rist.)*
2. *Circo Itaglia,* Pep Marchegiani
3. *Guida alla vita laica*, Roberto Anzellotti
4. *Appenninia – Viaggio nella terra di domani*, Riccardo Finelli

5 *La strada da fare – In cammino nella regione che (non) c'è*, Maria Clara Restivo *(II rist.)*

Collana **Cromo**

1. *Pompei*, Toni Alfano

Finito di stampare nel mese di ottobre 2018
presso Geca Industrie Grafiche – San Giuliano Milanese (MI)
per conto di Neo Edizioni
Printed in Italy
Impaginazione e prestampa: Lucio E. Berardinelli

Ristampa		Anno		
3	2	2018	2019	2020